中森明夫

青い秋

光文社

青春、には続きがあるという。

青春・朱夏・白秋・玄冬――と続く、中国の五行思想による捉え方なのだそうだ。

青い春、朱（赤）い夏、白い秋、玄（黒）い冬――四季を色で表す、そんな考え方が、転じて、人生のそれぞれの季節を示すものになったのだ、と。

私はもう五十代の終わりを迎えようとしている。季節で言えば、秋だ。白秋期ということになろうか。

真っ青な空のような春や、赤く染まる夏、色あざやかな人生の季節を過ぎて、白い秋へと至る。昂揚や、焦燥や、躍動や、煩悩や、あるいは、憧れや、ときめきや、嫉妬や、愛憎や……そんなさまざまな感情の絵の具が混ぜられたパレットが、歳月《とき》の濾過《ろか》を経て、脱色され、真っ白な生地をあらわにする。

静かな、人生の秋。

そうだろうか。

今、目を閉じると、いのちの終極に訪れるという、あの黒い冬の景色がもうかすかに見えてもおかしくはないのに、否、そうではなかった。

まぶたの裏は、青い。

まがまがしいほどに、青く、青い。

若き日のさわやかな朝の空の青さではない。

澱《おり》を含んだ、憂いと陰影を帯びた、青。

そう、青い秋だ。

私は成長できなかった。成熟を果たせなかった。赤い夏も、白い秋も、知らない。ただ、青いままに年齢だけを重ねてしまった。一度も結婚していない。妻も子供もいない。持ち家も財産もない。両親ともとっくに死んでしまった。たった一人だ。

ただ、てのひらの青、まがまがしい青だけを、ずっと握り締めて生きている。

漂白された同じ秋の世代の者らの群れに逆らって、一人、途方に暮れる、さながら色を塗られた鳥のように。

青秋期。

ひそかにそう呼んでみようか。

今一度、目を閉じる。

まぶたの裏の真っ青なスクリーンに、あの頃の光景が、次から次へと浮かび上がってきた——。

青い秋

我が友、故・高橋秀明氏に捧げる――

目次

文芸編集者　7
いつも海を見ていた　29
四谷四丁目交差点　67
新人類の年　107
美少女　145
新宿の朝　191
おたく命名記　243
彼女の地平線　285

カバー撮影／篠山紀信
装幀／大久保伸子

文芸編集者

「高垣が亡くなった」という知らせは、重田さんからのメールで知った。

一瞬、意味がわからなかった。

高垣とは先月、会ったばかりだ。

新宿御苑前の蕎麦屋で一緒に食事をして、酒を呑み、珍しく二軒目までつき合ってくれた。上機嫌だった。

なんだか昔に戻ったみたいだな。

昔？　そう、もう二十年以上も前のこと——。

阪神・淡路大震災やオウム事件の前の年だったと思う。高垣は若いライターをともなって私に会いに来た。青年週刊誌の編集者だった。

一軒目から酒が入って、饒舌になり、高垣は私を「打倒する」のだと言う。私のような新人類あがりで、オタク世代の文化人で、サブカル年長ライターを。

「おう、いいじゃねえか、やれるもんなら、打倒してみろよ！　返り討ちにしてやるよ‼」

三軒目の地下のバーを出た時は、もう朝だった。新宿の夜明けの空がまぶしい。

最後の店で、高垣はオズオズと一冊の本を差し出した。若い頃に私が書いた青春小説だった。

「よく、こんな昔の本、持ってるなあ。今じゃ古本屋にもないぜ、これ」

私は苦笑した。

十代の頃のジブンのバイブルでした——みたいなことを高垣は口走る。クサいこと言うなあ、こいつ、相当に酔っ払ってるんじゃねえの？　真顔で、細い目をしょぼしょぼさせている。酔っ払って、三軒目の呑み屋になだれ込むまで、この本を私に見せるかどうか、ためらっていたってわけか？

ダメだな、こいつは。編集者として。絶対に偉くなれないタイプだ。顔もぶさいくだし、サエないし、無礼なくせに、こっちが気を許すと急になれなれしくすり寄ってくる。よくこんな奴が大手出版社に入れたもんだ。たぶんコネ入社だな。

ま、いっか。経費で呑み食いさせてくれたんだし。適当につき合っとくか。

「俺の読者はバカばっかだったからさ。高校中退とかプータローとか全員そんな奴らで。俺の読者で編集者になった奴なんて、おまえが唯一だよ」

そう言うと、高垣はうれしそうに笑った。

「中野さん、もしこの本を文庫化する時があったら、俺に解説を書かせてくださいよ」

文庫化？　はあ？　おまえ、頭おかしいんじゃねえの？　こんな、とっくの昔に絶版になった本、文庫になるわけないじゃん！

「……わかった。その時は、よろしく頼むよ。高垣くん！　本当は、重田さんに解説書いてもらったほうが売れそうだけどな……」

私は笑った。

重田さんは同世代のライターで、書評や文庫の解説文がめっぽう達者だ。

その夜から高垣と私とのつき合いは始まった。

私の周りには年下のライターや編集者や、何をやってるかわからない怪しげな若者たち、有象無象がいっぱいいた。しょっちゅう集《つど》って朝まで呑んだ。

最後は酒乱の野郎どもが服を脱ぎだし、素っ裸になって、店を追い出される。青年ライター同士が殴り合いになり、血まみれになることもあった。止めようとあいだに入った私のメガネが弾き飛ばされ、極真空手有段者のライターのチョップでメガネのつるが真っ二つに割れた⁉

高垣はいつも呑み会の輪の中にいた。ニコニコして細い目をしょぼつかせていた。上機嫌だった。店の払いは、高垣が会社の経費でしてくれた。私は高垣に頼まれたコラムを書いたり、コメントしたり、対談に出たり、まあ、そんなもんだ。その後は一緒に食事をして、酒を呑む。いつもバカ話ばかりして、笑い合って、夜を明かした。

数年が過ぎた。

二十世紀の終わりが近づく頃、私は四十歳を目前にしていた。周りの年下のライターたちにもめんどくさい奴が増えた。単にケンカ腰でつっかかってくるんなら、それもいい。蔭でコソコソ言ったり、二枚舌を使ったり、あげくネットに匿名で人の悪口を書き込んだり……。いや、困ったもんだ。

若いフリー編集者からこんなことを聞いた。

新宿のバーで、例によって呑み会でバカ騒ぎをやって、私一人が先に帰った。

すると残ったメンバーの若手ライターが急に私のことを話し出した。私が連載する雑誌の編集者が私の悪口を言っているというのだ。

「おまえさ、なんで中野さんが帰ってから急にそんなこと言うの？　中野さんがいる前で言えばいいじゃん」

高垣だった。

いつもニコニコして楽しそうにしている高垣が、真剣な表情と口調でピシャリとそう言った。場がシンとした。

「いや、ボクはその編集者がひどいと思うんですよ。怒ってますよ、ホント、ボクは」

若手ライターは必死で抗弁する。

「だからさ、さっきまで中野さんがいたわけだろ？　その時は言わないで、帰ってからそんなこと言う。しかも、自分はその編集者を怒っていると言いながら、結局、中野さんは自分が連載している雑誌の編集者に悪口を言われている人だということを、ここにいるみんなに言いふらしてるんだよ、おまえは」

高垣は怒りをあらわにした顔で、そう言ったという。

へぇ、と思った。

高垣が私には見せない一面だ。

あいつ、単なるバカ編集者だと思っていたのに。案外、繊細なところがあるんだな。へっ、顔に似合わねーぜ。

世紀が明けた。四十歳を過ぎた。

十年以上も続いた週刊誌の連載がたて続けに終わった。私はライターとして難しいところへ来たな、と思った。もう若手を集めて毎夜、呑むこともなくなっている。

重田さんは作家に転身して、大きな文学賞を取った。

新宿で呑んでいて、高垣からの電話でその知らせを聞いて、歌舞伎町のいかにも水商売相手の花屋でケバい花束を作ってもらい、仲間たちでお祝いに駆けつけた。重田さんは困ったような、うれしいような顔をしていた。

その後、高垣は小説雑誌の編集部へと異動になる。ぱたりと連絡がなくなり、めっきり会わなくなった。

ま、しゃーない。そんなもんだろ。編集者とライターのつき合いなんて。

呑み屋でばったり逢って、高垣が私の隣の席へやってきて「中野さんも小説を書いてくださいよ〜」と甘えたような口調で言う。

赤い顔で、すっかり酔っている。どうせ、どっかの作家センセー相手の接待で呑んでたんだろう。

「相変わらず、バカだなあ、高垣よ。小説なんか書くわけねーじゃん。イナカ者の書くもんだろ、それって。何が悲しくて、俺みたいな才能あふれる都会派の新人類の旗手が、そんなもん書かなきゃいけないわけ？」

高垣は苦笑する。

「それよか高垣よ、そんな誰も読んでない三文小説雑誌の編集部になんか異動になって、おまえ、経費とかもう使えねーんじゃねえの？」

高垣の表情がパッとほころぶ。

「……とんでもない！　使い放題ですよ。青年週刊誌の頃より、半端なく使ってます。作家の接待で、いくらでも使えるんですよ。毎晩、うまいもん食って、呑みまくって。地方の作家に会いに行くって名目で、正直、遊びまくってます」

アハハハハ……と急にカン高い声で笑い出して、高垣は周囲をドン引きさせた。

「だから、中野さんも書いてくださいよ……小説。小説さえ書いてくれたら、接待しますから。また一緒に遊びましょうよ。出版社のカネで。中野さんは、書ける人なんだから……」

「バカ野郎！」と怒鳴りつけて、私は店を出た。何が、書ける人だ⁉　ムカムカきた。コネ入社で出版社にもぐり込んだ三文編集者のくせしやがって。ぶさいくで、サエなくて、ヤンキー上がりで、売れない小説雑誌に左遷されたような奴に、そんなエラソーなこと言われたくないぜ。

ゼロ年代も後半へと至る。私は四十代の後半になった。担当編集者は、もう全員、自分より若い。編集長も同年輩だ。

二十歳でフリーライターになった。当時、どこの編集部へ行っても、自分が最年少だった。そう思うと、時の流れを痛感する。

たくさんいた同世代のライターも、いつしかみんな消えていった。

九〇年代の半ばだったかな。めっきり疎遠になった同世代のアイドルライターから、突然、電話がかかってきた。

「中野さん、お久しぶり」

「どうしたの？　急に」

「うん、実は……俺、田舎に帰るんだ」

「えっ、マジ？」

「鳥取で実家が鉄工所をやっていてね、帰って来いってオヤジに言われてさ、結局、継ぐことになった」

「そっかあ……」

「あのさ、俺……三十五歳なんだ、もう。たぶん田舎へ帰れるギリギリの年齢だと思う」

激励の言葉をかけて、電話を切った。

八〇年代のアイドルブームの頃は、アイドル雑誌がたくさんあった。彼は売れっこのライターだった。〝アイドル冬の時代〟の到来で、もはやその気配はない。テレビの歌番組もＪポップ全盛だ。アイドルの姿はまったく消えた。

「こちらアイドル評論家の中野さん」と紹介され、アイドル評論家？　と、あからさまに嘲笑されることも、しばしばだった。

「もう、アイドルブームが来ることもないでしょう」とかつてのライター仲間はあきらめ顔でボヤいていた。

ある日、私より十歳ほど若い編集者が、会いに来た。

「中野さんの本を作りたいんです」

「えっ、俺の本なんか売れないよ」

「いや、中野さんが書いてきたアイドルについての文章を一冊にまとめるんですよ」

「あっ、そりゃダメだ。ますます売れない。だって、もうアイドルなんて……」

「来ますよ！」

編集者は声を上げた。なんだか興奮している。何を言ってるか、最初、よくわからなかった。

「来ますよ。絶対に、来ます！　アイドルブームは。今はテレビに出てないだけで、ライブの現場に新しいアイドルグループが次々と出てきて、面白いことがいっぱい起こってます」

確信に満ちた口調だった。

編集者はバッグから何か取り出した。

一冊の本だ。

八〇年代の半ばに私が同世代の仲間たちとアイドル論を語った本だった。

「十代の頃の僕のバイブルでした」

バイブル？　その言葉に、ふと思い出す。初めて会った時の高垣のことを。

ああ、嫌なもんだ。ライターなんざ長く続けるもんじゃねーな。十年もすれば、若い編集者が訪ねてきて、昔の自分の本を差し出して「バイブルでした」とかホザきやがる。そんなクサいセリフで古株の物書きなんてイチコロに落とせると思いやがって。どうせ、最近、ブックオフの百円の棚で見っけてきたんだろうに。

「いや、感動した。ありがとう！　俺の読者はバカばっかだからさ。この本の読者で編集者になった奴なんて、君が唯一だよ」

無理矢理、顔をほころばせると、手に取ったその古い本に署名した。編集者の名前の脇にひとこと添えて。

〈アイドルは永遠に不滅！〉

二〇〇六年の日付と共に。

高垣は小説雑誌の副編集長になったと聞いた。へぇ～、あいつが副編集長!?　あんな奴が……ゆるいなあ、小説雑誌の世界も。結婚して、子供をもうけて、離婚したとも耳にした。再婚したんだっけな？　よく知らない。すっかり疎遠になっていた。

私は久しぶりに単行本を出すことになった。今まで書いたアイドルについての文章をまとめるのだ。古いものだと、もう二十年以上も前に書いたやつ。元原稿はとっくに自分の手許にはない。記憶を頼りに各出版社の編集部に電話をかけて、問い合わせた。当時の担当編集者はもうその部署にはいない。電話に出た相手に事情を説明すると、「ああ、〇〇出版部長ですね」とか「××さんなら、局長になってますよ」とか「△△……常務ですね、役員室に廻します」とか言われ、愕然とした。

出版部長？　局長？

あのバカの〇〇が、ウスノロの××が、冗談だろ？

俺の原稿どっかに失《な》くして泣きベソかいて土下座しにきた最低編集者の△△が……常務！　役員!!　いい加減にしろ!?

浦島太郎みたいだった。同世代の若い編集者と一緒にアイドルを取材に行ったり、その後、遊びに流れたり、ケンカしたり、夜明かしして呑んだり、といった記憶がまるで昨日のことのようだ。あいつらが歳を取って役員室にふんぞり返ってる図を想像する。吐き気がした。ああ、こっちは五十歳を目前にしていまだ原稿用紙一枚数千円のフリーライターだってのに。

ずっと独身だった。女房子供もいない。自分一人、食ってくぶんにはフリーライターの稼ぎでなんとかなるさ。そう思って、先のことは考えないで、これまでやってきた。しかし……。

山辺という男がいる。同世代の編集者で、若い頃から仲が良く、いまだに一緒に遊ぶ。私と同様に独り身で、酔うと、俺たちは永遠に独身同盟だからさ！　と誓い合った。

山辺が遂に週刊誌の編集長に出世した。

お祝いしよう、とバーで呑んだ。

カウンターに並んで、グラスを重ねると、山辺の顔から急に笑みが消えた。

「中野さん、実は言わなきゃいけないことがあるんだけどさ……」

神妙な表情をしている。

「あのさ、俺……結婚するんだ」

びっくりした。おまえが？　結婚？　マジか？　と言いかけて、思わず、言葉を呑み込んだ。

ふざけんなよ。俺たち、永遠の独身同盟じゃなかったのかよ！

それにしても……とても結婚できるような奴とは信じられなかった。一生、独身で遊び続ける、俺と同じ種族の生き物だと思ってたんだけどなあ。

数日後、西麻布のバーで巨匠写真家の篠川実信先生とばったり遭った。

一杯だけ呑もう、と言われ、カウンターに並んで、グラスを重ねた。

「篠川さん、知ってます？　山辺がなんと結婚するってんですよ。いや〜、驚いたのなんの。あいつは一生独身で、俺と一緒に遊んでるような奴かと思いましたよ」

篠川の表情が変わった。

「中野さんさあ、あなた、山辺のこと、まさか友達だと思ってるんじゃないの？」

「えっ？　そ、そうですよ。違うんですか？」

篠川はため息をついた。軽く首を振ると、呆れたような表情で言葉を継ぐ。

「違うよ、中野さん。山辺とは古くからの知り合いで、よく一緒に呑んだりする。でも、支払いはあいつの出版社の経費だろ？　仕事なんだよ、そりゃ、あいつにとって」

絶句した。

「勘違いしちゃいけませんよ、中野さん。編集者はネクタイも締めないし、午後出勤だし、あたしたちと呑んだり、食ったり、仲よくダベったり……友達みたいに見えるかもしれないね。でも、違うんだ、全然。そりゃ結婚もするでしょう。山辺は今や編集長ですよ。天下の大出版社のエリート社員なんだ……」

篠川はこちらをにらみつける。

「……そう、あたしらみたいな河原者とは違いますよ」

吐き捨てるように言った。


山辺が結婚して、以前のように会うこともなくなった。新婚の妻帯者をうかつに誘えない。数少ない同世代の呑み友達を失った。

家で一人で呑んで、すっかり酔っ払った夜中に、携帯電話のアドレス欄を流し見した。もう、こんな時間に気軽に電話できるような友達はいない。ある名前にパッと目が留まった。

〈俺、いったいこれからどうしたらいいんでしょう？〉

酔いに任せてメールを送った。

すぐに返信が来た。

〈中野さん、お久しぶりです！　ぜひ、会って、お話ししましょうよ〉

重田だった。

彼は今や超の字のつく売れっこ作家だ。運転手つきの車の後部座席に書くスペースがある〝カンヅメカー〟で移動しているという。一説には〝日本一の多忙作家〟とも呼ばれていた。そんな重田が私のために時間を作ってくれるという。

正月明け、重田がカンヅメになっているホテルへ行った。待ち合わせのカフェに懐かしい顔が現れ、久々に握手した。

重田は柔和な笑顔で、とりとめのない私の話にジッと耳を傾けてくれる。

話が一段落すると、彼は口を開いた。

「中野さん、小説を書いてくださいよ」

小説……小説かあ。

新鮮な響きだった。

数日後、新宿のバーでたまたま隣り合わせた男に、私は口走っていた。

「小説を書いてみたいんだ。パンクロックにハマった十七歳の少年がセックス・ピストルズのシド・ヴィシャスの霊を呼ぼうとして、間違えてアナーキスト大杉栄の霊が降りてくる。少年の脳内に棲みついた大杉栄が二十一世紀ニッポンで大暴れする……みたいな」

「それ、ぜひウチで書いてくださいよ！」

純文学雑誌の編集長だった。

大変なことになった。結局、私は二年の歳月をかけてその小説を書く。七百五十枚も書いて、五百枚に削った。なんだか、もう必死だった。収入が激減して、阿佐ケ谷のマンションを引き払い、狭い四谷の仕事場に住まいを移した。

老舗の純文学雑誌に小説が一挙掲載された春、私は五十歳になっていた。

著名な文学賞の候補にもなった。

「中野さん、ひどいじゃないですか！　小説を書くんなら、ひとこと、俺に言ってくださいよ」

高垣からの電話だった。

「お～、久しぶり。そっかあ、忘れてた、高垣は文芸誌の副編集長だったんだよなあ」

私の言葉に反応した。

「……いや、俺、もう編集長なんっすよ」

えっ！　高垣が……編集長!!

マジか!?

おまえみたいなバカが……という言葉を、慌てて呑み込んだ。

「そりゃ、おめでとう！」と言って、会うことになった。

久々に再会した高垣は、少々老《ふ》けて、相変わらずぶさいくで、サエないけど、高価そうな上着をはおっていた。

彼の隣にはスラリとした長髪のイケメン青年が立っている。

「こいつ、中野さんの担当になる編集の赤木です」

なるほど、そうか、高垣はもう私の担当じゃない。編集長なんだ。その夜は高級料亭の座敷で三人でチリ鍋を囲んだ。

部下の前で彼に恥をかかせるわけにはいかない。私は「高垣さん」と呼んだ。

高垣はけげんな顔になり、私がそう呼ぶたび、くすぐったそうな顔をした。

「まさか友達だと思ってるんじゃないの？」という篠川の言葉を脳裏に浮かべた。

高垣は「次があるから」と一軒目で中座して、その夜、私は担当の赤木と呑んだ。

小説の打ち合わせと称して、その後、私は何度も赤木と会って、食事をし、呑み明かした。高垣が同席することもあったが、いつも忙しそうに一軒目で姿を消す。

結局、小説は一枚も書けないままに三年の月日が流れた。

すると驚いたことに、本当にやって来た。

なんと、アイドルブームが！

あの確信に満ちた編集者の言葉は正しかったのだ。アイドル評論家の私よりも。

編集者って、すげーな。

私は呟《つぶや》いた。

「中野さん、二人で会いましょうよ」

高垣からの電話だった。彼と二人きりで会うなんて、いったい、いつぶりだろう？

新宿御苑前の蕎麦屋で乾杯した。

「赤木が休職してフランスへ留学することになったんですよ」

「えっ、じゃあ何、高垣が俺の担当してくれるの？」

もう部下は同席してないので「高垣」と呼び捨てにした。彼はうれしそうに笑う。

「そうしたいんですけどね〜。いや、マジで」

なんだか昔に戻ったみたいだった。

「中野さん、小説書いてくださいよ〜。ほら、昔、俺のバイブルだった青春小説みたいなの」

「へっ、バカだな、おまえ、まだそんなこと言ってるの？」

その夜、高垣は一軒目で帰らなかった。珍しく二軒目のバーに行って、二人でカウンターに並んだ。夜更けまで一緒に呑んだ。

そう、昔みたいに。

細い目をしょぼつかせてる高垣のぶさいくな横顔を見ながら、私は思う。

こいつバカだなあ、ホント。一枚も原稿書かない物書きに経費で酒呑まして。どうしようもないバカ編集者だ。よくまあこれで編集長になったよ。

こいつ十年後はどうなってるんだろう？　役員にでもなるのかな？

まさか！　高垣が……役員って⁉

ま、どうでもいいか。

どうせ、その頃、俺は死んでるんだし。


高垣の葬儀では重田さんが弔辞を読んだ。

心に沁《し》みるいい弔辞だった。

国民作家の重田さんにこんな言葉で送ってもらって、彼も幸せだろう。

著名な作家がたくさん顔を出していた。みんな目を潤ませている。

愛されていたんだなあ、高垣は。

祭壇には、あの細い目で笑う彼の遺影と、編集長を務める文芸誌の最新号が飾られていた。

帰りがけ、重田さんと目が合った。

「血圧、高かったんだって、高垣」

重田さんがぽつりと呟く。

高垣は脳溢血で倒れて、そのまま逝った。

四十六歳だった。

死ぬような歳じゃない。

私は上着の内ポケットに手を入れたが、すぐに引っ込めた。

重田さんに目礼して、葬儀場を後にする。

その日はいい天気で、ぽかぽか陽気だった。

そうか、もう春だ。

帰りの電車の車内には陽の光があふれていた。

座席に腰掛けた私は、ネクタイがきつい。ネクタイなんて年に一度、締めるかどうか。不義理な私はめったに結婚式にも葬式にも出なかった。

しかし、今日ばかりは仕方がない。

礼服をタンスの奥から引っ張り出して着て、コンビニで買った葬儀セットの安っぽい黒いネクタイを締めた。

高垣のバカ野郎。自由業のこの俺にネクタイを締めさせるなんて。こっちはすっかり中年太りで、首が苦しいんだよ。

ふいに上着の内ポケットに手を伸ばした。さっき重田さんに見せるのをためらったものを取り出す。

文庫本だった。

十年前に出たもの。

よくこんなのが文庫になったもんだ。まったく売れなくて、すぐに絶版になったけど。若い頃に私が書いた青春小説だった。

後ろから本をめくると「解説」のページを見る。

最近ではすっかり老眼が進行した。五十四歳だ。無理もない。

老眼鏡なしで文庫本の文字を読むのは、つらい。

「解説」のページの「高垣」の文字が、にじんでよく見えない。

〈この本は、十代の頃の私のバイブルでした〉

そう書いてあるのかな？　たぶんそうだろう。目の前の文字が、にじんで、濡れて、ゆらゆら揺れている。慌てて私は目をこすった。

そろそろ新しい老眼鏡を作らなきゃな。

ぶさいくで、サエなくて、ダメダメ男で、いっつも細い目をしょぼしょぼさせて……。

俺が帰った後、俺の悪口を言う若いライターを、マジ顔で怒鳴りつけて……。

最初、会った時、俺を「打倒する」なんて言ってたのに、すっかり取り込まれて……。

一枚も原稿書かない物書きにさんざん経費で酒呑まして……。

あげくに俺より八歳も若いのに、四十代半ばでくたばっちまった……。

いったい、あいつ、何だったんだ？

「高垣」の名前の下、カッコの中に肩書がある。老眼の目を凝らして見ると、

文芸編集者

……とあった。

すぐにその文字はにじんで、かすんで、消えた。

そうか、そうだったのか。

「文芸編集者」だったのか！

高垣のバカ野郎。

おまえ、ホントに大バカ野郎だな。

おまえ……おまえさ。

……俺の友達じゃなかったの？

いつも海を見ていた

夜更けに波の音で目を覚ました。遠い潮騒を聞いた。暗闇に潮の香りがする。

自分はいったい、どこにいるのか。

海辺の小さな街だろうか。

いや、そうじゃない。

東京だ。

一人暮らしの真夜中の部屋だった。

波に聞こえたのは、窓の外、車が夜の道を走り去る音だ。

びっしょりと寝汗をかいている。潮の香りは、私自身の汗の匂いだ。

ああ、また海の夢を見た。波と、浜辺と、潮の香りの夢を見てしまった。

どれほど繰り返して、同じ光景の夢を見たことか。

いったい私はいつになったら、あの海辺の街から逃れられるのだろう。


三重県の半島にある、海辺の街で生まれ育った。駅も信号もない、小さな漁師街だ。

街全体に磯の香りがあふれていた。

男はみんな血の気が多く、気性が荒い。赤銅色《しゃくどういろ》の肌で街を闊歩する、漁師とその末裔《まつえい》たち。

女はふんわりとして、せかせかと小股で歩く。男たちが漁でいないあいだ、家を、街を守る。

遠洋漁業もすっかりすたれ、街は観光地と化した。

それでも子供たちが悪さをすると「おい、そんなことやっとると、カツオ漁船に乗せるぞ」と親は脅した。

「カツオ漁船に乗ったらな、もう降りられへんのやで。船の上で漁師どうしがケンカすると、殺されても、死体が海へ放られるだけや。警察にもわからへん。そうやって若いモンが何人も死んどるんやで。どや、カツオ漁船に乗るか！」

子供たちはふるえ上がった。

漁業はすたれ、街に旅館が何軒も建った。観光客が訪れる。

私は酒屋の次男坊だ。兄と一緒に店の仕事を手伝う。トラックの荷台にビールを積んで、旅館の厨房へと運ぶ。

いや、旅館だけじゃなかった。

街には海以外に大したものはない。それで一角にバーやキャバレーやさらにいかがわしい店が次々と建ち、歓楽街となった。周囲の観光地から夜になると男どもが押し寄せる。

街の入口には、裸の女の絵が描かれた〈夜の街——お色気マップ〉なる看板が立てられ、ワイセツな落書きがいっぱいされていた。

小学校五年生の時だ。坊主頭で体育の白い短パンをはいた私は、兄と一緒にトラックの荷台に乗る。歓楽街へ着いて、店にビールを運んだ。

小柄な小学生の身に、ビールケースは重い。前傾姿勢で重いケースを抱え、ふらふらした足取りで、すぐに汗びっしょりになった。

バーの裏手の薄暗い路地に、女がしゃがみ込んでいる。股を開いて丸出しになったパンツに、私は目をそらした。化粧を塗りたくって白いオバケのような顔をした女は「ボク、かわいいねえ」ともらし、手を伸ばして、いきなり私の短パンの股間をつかんだ。「もう、毛ぇ生えとんのか」とニタッと笑う。

「ひっ」と声を上げ、ケースを地面に落とし、ビールびんが音をたてて割れた。


ヌードと呼ばれる同級生がいた。

歓楽街のヌードスタジオの息子だ。

いつも、みんなにからかわれていた。

「おい、ヌード、おまえんちは裸で商売しとるんやろ。おまえも、はよう脱げよ」と無理矢理、服を脱がされたりもした。

街の子供たちは異様にマセていた。

中学生になると、ヌードスタジオへ客として行ったという者が現れる。

「おい、ヌード、ゆんべ、おまえんとこの店へ行ったぞ。母ちゃん、すっ裸で踊っとったわ。おまえの母ちゃんのオメコ、見たで〜。あはは、おまえ、あそこから生まれてきたんやなあ」

クラス中が大笑いして、ヌードは真っ赤になった。ひどいものである。

猥雑で、血の気が多い、気性の荒い、漁師街。観光地に化けようとして、まがまがしい淫らな化粧を塗りたくった、夜のお色気の街。

私は、あの街が大嫌いだった。

一刻も早く、ここから抜け出したい、脱出したい、子供の頃からそう願っていた。

私をあそこから引っぱり出してくれたのは、誰だったろう。

ああ、そうだった……。


「ソッコー、俺な、こんなとこ、もうやんなったわ」

タカやんが言う。

中学の一年先輩で、同じ卓球部だった。

卓球台のそばにぴたりとついて、丸いラケットをしゃかしゃかと振る、中国の選手を模した私は、前陣速攻型だ。〝ソッコー〟と私をタカやんは呼んだ。

卓球台から離れ、山なりにドライブする球を連発するタカやんは、中陣ドライブ型である。二人はよくラリーの練習をし、ダブルスを組んだりもした。

タカやん、こと三波高弘《みなみたかひろ》は、漁師の息子だ。祖父と父はいまだポンポン漁船で近海漁業に励み、一家で小さな魚屋を営んでもいる。

タカやんは家業を嫌っていた。

「家、継げ、継げって、オトンもオカンもうるさいんや。ダッレが漁師なんかやれるか。ソッコー、俺な、サカナ臭いこの街が大嫌いなんや」

タバコの煙と一緒に、タカやんはそう吐き捨てる。

部活の帰り、私たちは海へと行った。自転車を並べて置いて、堤防の向こうへと廻る。薄くつぶした通学カバンから取り出したハイライトに、百円ライターで火をつけ、タカやんは一服する。私はソーダ味のアイスキャンディーをなめていた。

目の前の海は、濃く青い。にぶい光を放っている。潮の香りがした……のだろうが、まったく感じない。それはもう、あたりまえの匂いとして、私たちの体に染み着いていた。

いつも海を見ていた。毎日のように海をながめながら、私たちはやくたいもない話をしていた。そうして最後には、きまってこの街の悪口になるのだ。

「こんなクッソいなかの街、いつか絶対、出て行ったるわ」

そう吐き捨てるとタカやんは、短くなったタバコを海に向かって投げつける。海鳥がぎゃあぎゃあと鳴いて、飛び去った。

タカやんは、細い目をして、ひょろりとして、色が白い。メガネをかけ、ひ弱そうだ。とても漁師の息子には見えない。

「俺な、肌、焼かんようにしとるんや。漁師みたいに見られたら、嫌やろ」

そう言って、笑った。

タカやんの家へ行くと、真っ黒な肌をしたいかつい顔の父親といつも口ゲンカしていた。

「高弘！　おまえ、ええ加減、家の仕事、手伝え!!　明日、じいやんと一緒に漁へ行け」

「嫌や！　俺、漁師、嫌いやもん」

「何？　何、言うとるんぞ、このクソガッキャあ。漁師、嫌いて？　おまえ、ダッレに食わしてもろとるんや、おー、このアホンダラ、ごっらあ〜、殺《い》てまうぞっ!!」

「ええわ、もうええわ、ソッコー、行こ」

慌てて私たちはタカやんの家を飛び出した。そうして、いつもの海へと行って、堤防の向こうで座り込む。

遠くに灯台の光が見えた。

二人とも何もしゃべらない。私たちにはもう、海しか行くところがなかった。


「ソッコー、はよ、いつもんとこ来てくれや」

タカやんの声が切迫していた。公衆電話からかけているのだろう。電話を切ると、私は自転車に乗って、海へと急いだ。

堤防にタカやんの自転車が乗り捨てられている。イージーライダーを真似たチョッパー式のハンドルのやつで、星条旗のステッカーが貼られていた。

堤防の向こうへ廻ると、タカやんがしゃがみ込んでいる。苦痛に顔を歪め、右腕にタオルを巻いていた。それが真っ赤に染まり、地面にも赤い水たまりが広がっている。

「ど、どないしたんぞ、タカやん！」

私は駆け寄った。

「……オトンに斬られた」

真っ青な顔で、ふるえている。

「また、口ゲンカになってもうてな、オトン、そんなに漁師が嫌なら、この野郎、おまえの仕事もできん腕なんかいらんやろ！　言うて、魚をサバく出刃包丁で、いきなり斬りつけてきたんや。危うく殺されるとこやった……キチガイやで、あいつ」

顔を歪め、うっすらと笑う。赤く染まったタオルから血がしたたっていた。

「タカやん、はよ、病院行かんと」

泣きそうになって、私は言う。

「……ああ、わかっとる、わかっとる。大した傷やない思うて、タオル巻いて片手運転で来たけど、急に血ぃ出てきたわ」

ため息をついた。

「病院までチャリンコのケツに乗っけてくれんか、ソッコー」

立ち上がろうとすると「ちょっとタイム」と制止する。

「……一服したい。タバコ出して、火ぃつけてくれや」

血まみれのタオルを、もう一方の手で押さえていて、自由がきかない。アゴで示す、タカやんのシャツの胸ポケットからハイライトを取り出し、一本抜いた。百円ライターで火をつけるため、一度、私が吸って、そっとタカやんの唇へと持っていく。

くわえタバコのまま、煙を吹かすと、むせて、ペッと吐き捨てた。血だまりに落ちて、タバコの火がジュッと消える。

「……あかんなあ、もう」

細い目をさらに細めて、タカやんは呟く。二人並んでしゃがみ込み、じっと海を見ていた。

遠い灯台に、ぽっと光がともる。

「なあ、ソッコー」

波の音に重なって、耳元で囁《ささや》きが聞こえた。

「俺ら……東京へ行こうや」


歩行者天国の日曜日、新宿駅前の大通りのガードレールにその男は腰掛けていた。

「久しぶりやのう、ソッコー」

タカやんだった。

一瞬、見まちがいかと思い、目をこする。

メガネをはずし、髪を肩まで伸ばして、黒革のジャケットにピンクのシャツ、金色のネックレス、すその広がった革パン、ヒールの高いブーツを履いていた。完全に変身している。

傍らには黒いギターケースがあった。

「ほな、行こか」

ガードレールから立ち上がると、タカやんはギターケースを手に肩で風を切って歩く。歩行者天国の広い道路のど真ん中を。人とぶつかりそうになっても絶対によけない。兇悪な目で相手をにらみつける。

「ジャマや、どけよ、コラ!」と吐き捨てながら。

一緒にいて、ひやひやした。

とても十六歳には見えない。

「あんなアホ高校、こっちからやめたったわ」

喫茶店でアイスコーヒーをすすりながら、タカやんは言う。

高校へ入って、タカやんは激変した。メガネをはずし、強面《こわもて》になって、ケンカに明け暮れる。

「ソッコー、あのな、ケンカは腕力でやるんやないんよ」

はあ?

「気合いや、気合い。しょっぱなにな、ガーッとぶち切れて、思いっきり蹴飛ばすんぞ。相手をびびらしたら、もうそいで勝ちや」

街からバスで三十分ほど行った、近鉄線の駅の前の通りで、チャラチャラ歩いている若い奴らを見つけると、後ろから走っていって、いきなり背中に飛び蹴りを食らわせ、ケンカ修業に励んだという。

もともと漁師の息子で、血の気は多かった。しかし、色が白く、ひょろりとして、すっかり軟派な風貌になったその姿で、武勇伝を語っているのがおかしい。

「殴りダコがあったんやけどなあ」

タカやんは自分のこぶしを見る。

「今は蹴り専門や。殴るんはやめた。手ぇ痛めたら、アホくさい。ほら、ギター弾けんようになるやろ」

フォーク歌手になるため、ギター一本持って上京したという。

「吉田拓郎や井上陽水やらがレコード会社を作ったやろ。あそこでデビューするんや」

なるほどタカやんは、上京する〝理由〟を見つけたのだ。

「俺ら……東京へ行こうや」

あの日、海辺で血まみれのタカやんから聞いた言葉が、胸に突き刺さった。目の前の扉を開いた。

「ソッコーの兄やん、東京の大学へ行っとるんやろ。おまえも高校から東京へ行って、一緒に住んだらええやん」

なるほど、と思う。

東京の私立高校へ進学した私は、東中野のアパートで兄と同居することになった。

タカやんのいとこが千葉に住んでいる。地元の旅館の御曹子で、国立大学の工学部を出た秀才だ。当時、二十五歳で、京橋の設計事務所に勤めていた。そのいとこのユウさんのアパートに転がり込んだという。

件《くだん》のアパートへ訪ねていって、驚いた。

タカやんばかりじゃない。地元の高校を中退した連中が、さらに二人も転がり込み、みんなでザコ寝していたのだ。

六畳間の狭い部屋である。ユウさんは、よく我慢しているなあ、と思った。

「おう、みんな、はよう働き口見つけて、出てってくれや」と柔和な顔で笑っている。

共同生活は楽しそうだった。私は週末になるとそこへ行って、寝泊まりするようになる。

進学した東京の私立高校は肌に合わなかった。生徒はみんなボンボンか、中途半端な不良もどきで、いばりちらす先生の前でペコペコして、裏で悪口ばかり言っている。

「タカやん、東京モンはあかんわ、みんな根性《コンジョ》なしでなあ」

「そやろ、ソッコー、こんなとこで天下取るん楽勝やで〜」

タカやんはギターを爪弾きながら自分のオリジナルソングを唄った。その歌がいいのか、悪いのか、私には判断がつかない。

ただ、二人がこうやって一緒にいるのに、目の前に海がないことだけが、不思議だった。

一瞬のきらめきに目を凝らす。

灯台の光ではない。

千葉のアパートの窓から見える、遠い鉄塔の先端がまたたいていた。


上京してきた連中は、住み込みの仕事を見つけると、次々とアパートを出ていった。タカやんは日払いのバイトをしながら、ギターの練習をしている。

ある日、部屋を訪ねると、カジャがいた。

驚いた。

本名はカズヤで、私より一学年後輩である。十四歳、まだ中学三年生のはずだ。

「どないしたんや、カジャ」

「ああ、学校やめて、東京へ出てきたんよ」

「やめてって、おまえ、義務教育やろ!」

呆れ笑いした。

「悪さばっかして、謹慎・停学の連続でな、オトンはもうカンカンや。おまえ、カツオ漁船に乗せる、言うて、本気なんや。たまらんわ。家出してきたった」

カジャは頭が大きく、おでこが広い。額に剃り込みを入れ、眉を細くしていた。三白眼で、人相は悪いが、笑うと八重歯を見せて、愛敬がある。手の甲には根性焼きの痕《あと》があった。とても中学生には見えない。

ある日、また千葉のアパートへ行くと、誰もいない。カジャの書き置きがあった。

夕刻、書き置きを見ながら、新小岩の駅前を探し歩く。

繁華街の炉端焼き屋の前に、カジャがいた。でかい頭にハチマキを巻いてハッピをはおり、店頭で「らっしゃい、らっしゃい」と呼び込みをやっている。酒を呑んでいるのか、顔が真っ赤だ。

二十歳と年齢を偽って、飛び込みで働き始めたという。

その夜は、給料を前借りして住み始めた、おんぼろアパートのカジャの四畳半の部屋に泊まった。ふとんがなく、小さなコタツに二人で足を突っ込んで寝た。

朝、ノックの音で起こされる。

眠そうに目をこすって扉を開けたカジャの前に、パーマをかけたふっくらしたおばちゃんが立っていた。

「……あら、お友達がいらっしゃるの……そう、田舎の……あなたも大変だと思うけど、ぜひ、がんばって……ねえ、まだ若いんだから……想いは叶うのよ……強く願えば、絶対、絶対、大丈夫だから……」

二人は話し込んでいる。カジャは「ハイ、ハイ」とうなずくばかりだ。

おばちゃんが去ると、カジャは何やらもらった紙を持ってきた。

「保険のおばやんでな、毎月、三千円払うことになったわ。そしたら安心やて。おばやん、俺に親切にしてくれるし、いっつも、ええ話、してくれるんや。ためになるわ」

どう言っていいか、わからなかった。十四歳にして、猛烈にたくましく、私には考えられないすごい行動力で、そのくせ、すぐに相手に丸めこまれてしまう。やっぱり、子供なんかな？

カジャはその後、三重県の海辺の街に連れ戻された。カツオ漁船に乗ったかどうかは、知らない。

ただ、タカやんはこう言っていた。

「カジャなあ、街で人刺して、捕まったぞ。鑑別所送りや。十代やのに、警察に腰にナワ巻かれて、街中を引き廻しにされたらしいわ」

絶句した。本当だろうか。いつも話を大きくしたがる街の人々の噂話ではないのか。

いや、あの街だったら、ありえるかもしれない、と私は思った。

「都会からキャンプに来たモンらが、浜にテント張ってなあ、寝とったんよ。そしたら地元の悪ガキらが、崖からでかい岩をいくつもそこへ落として、当たりどころが悪うてな、一人死《い》んだわ。そやけど警察も、街のモンらに逆らったら、あそこではやっていけんやろ。犯人は、だいたいわかっとるけど、見て見ぬふり、放ったらかしや」

そんな話ばかりしていた。

タカやんが千葉のアパートを出て、働き始めたという。西武線の清瀬まで来てくれと言われた。東中野から大泉学園駅行きのバスに乗る。

私はバスが好きだった。

生まれ育った海辺の街には、鉄道が走っておらず、駅がない。バスに乗ることは、少年にとって、あの街から脱出する唯一の手段だ。

伊勢湾岸をめぐる三重交通のバスに乗って、海沿いや山道をうねうねと一時間以上も走り、伊勢市へと行く。そこで映画を観たり、レコードを買ったり、意味もなく街をうろうろしたりするのが、うれしかった。

それで今でもバスに乗ると、わくわくする。

だが、東京の街を走るバスの窓に顔をくっつけ、外をながめても、海は見えない。

波の音も聞こえないし、潮の香りもしない。

同じような街の風景が延々と続き、記号的な地名ばかりがアナウンスされてゆく。

ああ、私はいったい、どこへ行くのか？　どこへ向かって、脱出しようとしているのだろうか？

窓の向こうに、淡い緑色の、巨大な丸いタンクがいくつも現れて、目を見張った。あの中には何が入っているんだろう。ふいに身がふるえた。いつかタンクが爆発して、水があふれ、この東京の街を海に変えてしまうかもしれない……そんな夢想に耽《ふけ》っていた。

タカやんは清瀬の店で働いていた。ビルの地下にある小さなスナックだ。カウンターと二つのテーブル席と、店のはじっこにステージのようなものがある。

タカやんはそこでギターの弾き語りをしていた。

金色のラメをちりばめたキラキラしたジャケットをはおり、マイクに向かって唄う。まだカラオケが一般に普及していない頃だ。リクエストに応じて、客が唄うのに伴奏したりもする。タカやんが好きなフォークソングではなく、演歌やムード歌謡曲ばかりだ。

私はカウンターの隅っこに座り、注文もしないのに出された水割りをちびちび呑みながら、タカやんのステージを見ていた。

「まあ、少年」といつのまにか隣の席にいた女性に声かけられる。化粧の濃い中年女だ。

「タカくんの友達なの？」と笑った。

「ねえ、タカくん、チークタイムにしてよ」

店内が薄暗くなり、ミラーボールが廻って、タカやんがムーディーな曲を奏で始める。客のおっさんや、おばはんらが何組かチークを踊っていた。

「ねえ、踊りましょう」と中年女は私の手を取り、フロアに立つ。チークダンスなんか踊ったことがない。「大丈夫よ、教えてあげる」とハスキーな声で耳元で囁かれた。腰を抱いて、体を密着させてくる。どぎつい香水の匂いがした。

私はぎこちなく体を揺らす。呑み慣れない酒のせいか、目の前が揺れて、足がふらついた。私はいったい、どこにいるのか？　店の隅っこの暗がりへと誘導された。くらくらと、めまいがする。ふいに唇が中年女の唇でふさがれ、舌が入ってきた。

「坊や、坊や、おいで」

女が手招きしている。日本髪で濃い化粧、赤い着物姿だ。ふらふらと私はそちらへ行く。まだ小学校にも入っていない。実家の酒屋の裏口の倉庫、その向かいにある芸者置屋の女だ。三味線の音が聴こえる。

「ええ子や、ええ子や、かしこいなあ」

女は私の頭をなぜた。私の手を取り、芸者置屋の裏側へと連れてゆく。しゃがみ込んで、着物の胸元から白い包みを出し、「はい」と広げた。甘い香りがする。お菓子だ。

「あげるえ」

私はにっこりとする。

ふいに女に抱きすくめられた。ぎゅうっと強く。私は目を閉じる。ぷんと母親ではない女の匂いを嗅いだ。

「かわいいなあ、坊や」

女の唇が私の唇をふさいだ。お菓子が地面に落ちた。唇を離した女は「あら、まあ」と言って、ちり紙で私の口を拭く。べったりと赤い色がついていた。

「お母ちゃんに言うたら、あかんえ。これ、坊やとうちの……ひみつや」

うん、うん、と私は何度もうなずく。

ひみつ……という言葉の意味も知らないままに。


「ソッコー、ソッコー、大丈夫か？」

タカやんが心配そうに覗《のぞ》き込んでいた。

頭ががんがんする。ひどい二日酔いだ。気持ち悪い。私はトイレへ駆け込むと、吐いた。

タカやんの清瀬のアパートだ。部屋の隅には髪の長い、やせた女が座っている。黒いタンクトップとスウェット姿で、ひどく顔色が悪い。うんざりした表情をしていた。

「誰なのよ、この人」

「誰なのって何じゃい！　俺の大事なツレやぞ!!」

「だから〜、急に人を連れてくるから」

「急にもなんもないよ、このアマ、その口のきき方はどないや」

「はあ、口のきき方？　何だべ、それ」

「俺のメンツ、つぶす気ぃか」

「おめ、メンツ、あるんべか」

「なんやと～、ごらっ、殺すぞ！」

二人は猛烈な口ゲンカを始めた。延々と、それはもう一時間以上も続く。呆れるほどのすさまじいエネルギーだ。

最後には「おまえ、こないだトイレ流してなかったぞ！」「おめだって、ウンコ臭いでねーか！」の言い合いになり、タカやんは思いっきりモルタルの壁を殴りつけた。

「ソッコー、出よ」

近所の喫茶店へ入っても、まだ怒っている。

「東北のクソアマは、あかんな～。あー、ホンマ、腹立つ」

清瀬のキャバレーのホステスだという。仲良くなって女の部屋に転がり込み、タカやんは同棲を始めた。二十五歳で、秋田出身だそうだ。

タカやんは十七歳になっていたが、二十三歳だと自称していた。

「お～、来た、来た」

赤いドレスの女が店に入ってくる。盛大に髪を盛り、異様に化粧がケバい。

「ごめん、タカヒロくん、お待たせ～」

「奥さん、紹介するわ、俺の田舎の後輩や」

奥さん？　いったい何歳だろう。

〈二十八歳……言うてるけど、嘘やろ。三十五歳以下やないわ。や、四十以上かも。なあ、ソッコー、女なんて、アソコの色見たら、トシはわかるで～。奥さん、ドドメ色やもん。体臭もきっついし。ウチの店の客でな～、ダンナは土建屋や。いっつも俺にむしゃぶりついてきて、ベッドで腰振りダンスや。チンコ、痛いでぇ。ははは、金もくれるしな……〉

奥さんの運転する赤いフェアレディに乗った。タカやんは助手席で鼻歌を唄い、私は後部座席でじっと黙っている。

うららかな陽気だ。街の周辺をドライブしていると、「お～」とタカやんが声を上げる。

「奥さん、車、止めてくれ」

急ブレーキがかかって、前につんのめった。

「ソッコー、悪いな、降りろよ」

えっ？

「奥さん、サイフ」と言って、受け取った彼女の札入れから抜き取ると、「これでタクシーで帰ってくれ」と一万円札を私に放り投げた。

唖然としながら、私は車を降りる。

目の前にはギラギラした建物がある。

赤いフェアレディは、ラブホテルのすだれの向こう側へと走り去っていった。

また、清瀬へと行って、店が終わるとタカやんとぶらぶらした。店長と女の子も一緒だった。

二十五歳の店長は、ビルのオーナーの息子だという。アフロヘアでヒゲを生やし、真っ黒に日焼けして、背が高く、がっちりとしている。金のブレスレットをはめていた。紫色のシャツの開いた胸のあたりに、バラのいれずみが一輪、覗いている。

アケミさんは、店長の彼女らしい。二十歳で、一緒にスナックを切り盛りしている。茶色い髪で、まぶたが青く、ダボッとした黄色いロングスカートのワンピースを着ていた。

私たち四人はアフターのバーで一杯やった後、深夜営業の卓球場へと行った。

ラバーがはがれかけたボロいラケットしかなかったが、タカやんと私はすぐにラリーを始める。私が卓球台にぴたりとついて、素速くラケットを振ると、タカやんは後ろに下がって、山なりのドライブで返す。いったい何年ぶりだろう。なんだか中学の卓球部の頃に戻ったみたいだ。ピンポン球が弾む音の向こう側に、かすかに波の音が聞こえるようだった。

「うわっ、タカヒロくんたちはうまいなあ」

アフロの店長は目を丸くしている。

「店長、こいつがソッコー言うんは、速く攻める――卓球部で速攻型やったからなんですわ」

「へぇ、そうなんだ、面白い。おい、アケミ、俺らもやろうぜ」

隣の卓球台で二人もラリーを始めた。あまりうまくはなかったが、店長はがたいがでかいのでラケットを振ると迫力がある。ダボッとしたロングスカートのアケミさんが、必死で球に飛びついてゆく姿がおかしい。

「ダブルス、やりましょうか」

タカやんと店長、私とアケミさんがダブルスを組んで、ゲームをした。店長とアケミさんのところでミスが重なる。それでも時折、店長がアフロヘアを振り乱し、シェークハンドのラケットをぶんと振り廻すと、強烈なスピンの球が飛んできて、私は取りそこなった。

「あはは、どーよ、ソッコーくん。すごい魔球だろ？　なんせ俺は、ほら、マジックハンドだからさあ」

店長がラケットを持つ手をパッと広げると、指が四本しかなかった。


深夜の卓球大会を終えて、私たちはくたくたになる。卓球場のフロアに倒れ込むように座った。店長は焼けた肌に汗を光らせていたし、アケミさんも化粧がはがれている。

「あかん、俺も、もう歳やわ」とタカやんは息を切らして、タバコを吹かしていた。久々に急に運動したので、私も体の節々が痛い。

ゲームはアケミさんのミスの連発で、私たちのチームの完敗だった。

「くそっ」と声を上げると、アケミさんが急に立ち上がり、ラケットを握って、一人、卓球台の前で歯を食いしばり黙々とシャドープレーを始める。

呆れた顔で、私たちはそれを見ていた。

卓球場を出ると、もう夜明けだった。

青味がかった空に光が射してくる。

夜明けの道を四人は並んで歩いた。

「うわっ、こういうの……青春だねえ」

と店長は笑った。

「運動もしたし、栄養つけてきましょう」

早朝に営業している焼肉屋へと行くと、ビールで乾杯して、たらふく肉を食った。

一万円札を何枚か店員に渡して「お兄ちゃん、餞別《せんべつ》、お釣りはいらないから」とさらっと店長は言う。

げげっ、大人やなあ、と思った。


「ソッコー、えらいことになったわ」

タカやんの電話の声があせっている。

「スナックな、営業停止や」

えっ、どういうことだろう？

「店で客どうしがケンカしたんや。地元のヤーさんがガラスの灰皿でおっさんの頭、割ってもうてな、も、血まみれや。救急車は来るわ、パトカーは来るわで、大騒ぎでな。警察の取り調べで、身分証、見せろ言われて……ほら、俺、二十三歳や言うてるけど、ホンマ、十七歳やんか。もろ、バレてもうたわ。十八歳未満の青少年、水商売に使っとるんかって店長、怒鳴られて。えらいこっちゃ。で、あのアフロの店長な、二十五歳や言うとったけど、実は、十六歳やったんや！　信じられるか、ソッコー。俺より歳下やったんやで。店長のオヤジ、ビルのオーナーの在日の社長な、十六の息子に店やらせとったんや。ほいで、あのアケミちゃん……なんと十五歳やって！　十七歳と十六歳と十五歳……つまり、あのスナックな……子供の店やったんや」

私はもうまったく学校へ行かなくなった。実家だったらありえないことだ。両親がうるさい。しかし、東京で同居する五歳上の兄は、気がやさしく、私に何も言わなかった。

夜明けまでラジオの深夜放送を聴いて、早朝、アパートを出ると、路上でコーラや牛乳のあきびんをひろい集め、売る。

それから寝て、昼頃、起きた。

びんを売ったお金で、名画座の映画を観たり、アイドルのライブへ行ったりする。いつも一人だった。

時折、タカやんに電話したけれど、もう、なかなか連絡がつかない。どうしたんだろう？

ある日、遂に学校から両親へと通報が行った。私は三重県の実家に連れ戻される。

父は激怒した。

「このヤロ、何のために、東京へ行っとるんぞ！」

ボコボコに殴られて、顔を腫らした。

それから数日間は家に軟禁状態だ。

ああ、私はどうしたらいいんだろう。

何よりたまらないのは、街の匂いだった。潮の香りがぷんとする。東京から久々に帰ってきて、思い知らされた。

自分はずっとこんな臭い街で生きてきたのか！

窒息しそうだ。一刻も早く、この海の匂いから逃れたかった。

ある日、真夜中に目覚めると、バッグに衣類をつめ込んだ。

夜明け前に、そっと家を出る。

始発バスに乗った。伊勢湾岸をめぐる車窓の景色にじっと目を凝らす。

海が見えた。

海は、どこまでも続いていた。どこまでも、どこまでも、ついてくる。

走れ、バス！

海の見えないところまで。

もっと速く、もっと、もっともっと、遠くへ。

どうか、私を連れ去ってくれ。

お金が尽きた。

一番安い切符を買って、キセル乗車で東京をめざす。びくびくしながら、制服を着た車掌から逃げ廻り、電車を乗り継いだ。

夜になり、まったく知らない田舎駅で降りて、線路沿いの柵を飛び越える。

公園のベンチで寝た。

大丈夫だ。

もう、海の匂いはしない。

目を覚ますと、空が見える。

夜明け前の空だ。

体が冷えきっている。

雨に打たれて、全身がずぶ濡れだった。


「中野さんは、一九八〇年代に〝新人類〟と呼ばれ、〝おたく〟の名づけ親でもあります。近年では、小説も書かれている。三重県のご出身でしたよね？　どうして文章を書く仕事に就かれたんですか」

そうですねえ……と呟いてから、言葉をつまらせた。

新聞社の上層階の応接室で取材を受けている。文化部の記者による、読書面の著者インタビューだった。

本棚が見える。ぎっしり本が並んでいる。小説やエッセイ、批評集、哲学書や社会学・心理学の本まで……一番下の棚はコンクリート工学の分厚い専門書だ。

今でも、あの本棚の夢を見る。

四十数年もたつのに。

あれは……千葉のアパートの本棚だ。

私が行く場所は、もうそこしかなかった。そう、かつての家出少年たちのたまり場だ。

私はそこで数か月間をすごした。

捜索願いが出されないかと心配だったが、街の旅館の御曹子、ユウさんが私の両親に電話してくれたという。

ユウさんは、朝、設計事務所へ行くと、夜遅くまで帰らない。

たった一人で、私はその部屋ですごした。

テレビもステレオもない部屋だ。壊れたトランジスタラジオが一つあるきり。ラジオはすぐに音が聴こえなくなる。

やがて壁一面の本棚にぎっしり並んだ本を、手に取るようになった。片っ端から、むさぼるように読み耽る。これほど本を読んだのは、生まれて初めてだ。

実家には本がほとんどない。文学書のたぐいは皆無だ。尋常小学校出の無学な両親は、小説を読むような人たちではなかった。

学校へも行かず、千葉のアパートで一人きり、本ばかり読んでいた。壁一面の膨大な数の本を読み尽くした。あの爆発的な読書体験がなかったら、きっと私は今の仕事などしていないだろう。

十代半ばで、東京で、たった一人だった。

何も持っていなかった。

あのアパートを出た後、いったい、どうやって生きてきたのか？　そうだ、私にはもう……〝言葉〟しか武器はなかった。

「そうですねえ……僕らは、いわゆるポストモダン世代と呼ばれて、なんでもアリでした。文学も、思想も、マンガも、アイドルも、サブカルチャーも、すべて等価です。取り替えのきかない、自分固有の特別な体験なんて、ありもしない。文章を書く仕事にしたって、ま、ワン・オブ・ゼム……何の気なしにチョイスした、単なる偶然ですよ、偶然」

「それでは質問を変えます。中野さんにとって、もっとも影響を受けた人は、いったい誰でしょうか？」

はあ、影響？　受けた人？　えーと、えーっと、あのー、それはどうだろう……と言って、ふいにめまいに襲われた。がっくりとうなだれ、両目を指で押さえる。

「中野さん、中野さん！　どうされました、大丈夫ですか？」

……ああ、ごめんなさい、大丈夫……もう、大丈夫です。なんだか呑み過ぎちゃったみたいで……。

「困りますよ、これから面白くなるのに。きれいどころだって、いっぱい、いるんだし、今夜はもっと弾けましょうよ」

嬌声が聞こえる。肌を露出した若い女たちが、魚のように目の前をひらひらと泳いでゆく。女子大生がいた。女子アナがいた。モデルが踊る。グラビアアイドルが笑っている。

壁のマトに女たちがダーツの矢を投げるたび、わっと歓声が上がった。矢はフロアに何本も落ち、マトの端っこに二〜三本、突き刺さっている。

「マトのど真ん中に当てたら、なんでも好きなもの買ってあげるよ〜、さあ、がんばって、お姉ちゃんたち」

ダブルのスーツのあぶらぎった中年男がそう叫ぶと、また、どっと嬌声が飛んだ。

ああ、ミスコンのスポンサーの社長だ……ここは……赤坂の会員制のクラブだった。イベントの打ち上げで、すっかり呑み過ぎてしまった。

さっきのつるんとした顔の広告代理店の男が、私の腕をつかむと、無理に立たせて、ダーツのほうへと引っ張ってゆく。

「ミスコン審査員長の中野秋夫センセイでーす、イエ〜イ！」

わっと歓声が上がり、女たちが拍手して、「アキオちゃーん！」と黄色い声が飛び、笑いに包まれた。

「さ、さ、先生も」と社長にダーツの矢を渡される。酔っ払って目の前がぐらぐらと揺れた。足がふらつく。立っていられない。倒れ込むようにして私は矢を投げた。

ふいに歓声がやんだ。沈黙が訪れた。女たちの顔から表情が消えている。

マトのど真ん中に矢が突き刺さっていた。

「すごい……命中や！」

サムライのような古式ゆかしい装束で、かみしもの肩衣《かたぎぬ》を片肌脱いだタカやんが、弓を手に、不敵な笑みを浮かべている。

海辺の神社の境内だ。

四百年も続く神事だった。

〝弓引き〟という儀式である。

年の初めに豊漁と海上安全を祈願して実施された。漁師の長男の中学生が、毎年、選ばれる決まりだ。その年はタカやんが弓の引き手となった。

「嫌やな〜、やりたないわ、弓引きなんて」

前夜、私はタカやんと銭湯へ行った。

「このクソさっぶいのに、明日の朝、弓を引く前に清めの儀式たら言うて、すっ裸で海に浸からされるんやで、もろ、児童虐待やろ？　ホンマ、死《い》んでまうわ」

風呂上がりの脱衣所で、裸のタカやんは、

「〽もこもーこ……」と唄い出す。もこもこアイスとかいう、缶を開けると、もこもこと泡が盛り上がるお菓子のＣＭソングだった。

「〽もっこもっこもっこ〜、大き〜く、な〜れ〜」

唄いながら手も触れず、ペニスを大きくしてみせた。すごい。中学生とは思えない、天を仰いで反《そ》り返る巨大なイチモツに、私は目を見張る。その弓なりの巨根が、今、タカやんが手にする弓と重なって見えた。

神社の境内には、年に一度の神事を見物するため街じゅうの人々が群がっている。

タカやんがかみしもの片袖を脱ぐと、どよめきが起こった。ひょろりとして真っ白な肌で「あれでも漁師の息子かい」「生っちょろいの〜」「おーい、兄やん、ちゃんと弓引けるんか」と野次が飛ぶ。

ましてやメガネをはずしていて、ど近眼のタカやんに三十メートルも先の小さなマトが見えるのだろうか？

弓を数本引き、最後の一本は海に向かって放つ。マトのど真ん中の小さな黒い丸の部分に矢が命中すると、凶兆とも言われ、翌日、引き直しになるのが面白い。それで弓引きが始まると、見物客がマトに石を投げて邪魔をするのが習わしだ。たちまち、マトが石でボロボロになったりもする。

サムライ装束のタカやんが、神妙な顔で位置につく。弓を構え、マトをにらみつける。みな固《かた》唾《ず》を飲んだ。弓を引き絞ると、その力が、観客たちの緊張の糸へきりきりと伝染《つた》わってゆく。

ふいに神聖な気配があたりを支配した。

一瞬の後、やっ！　と声が上がり、弓が放たれる。空気を切り裂く鋭い音――。

神社の境内が、しんと静まり返った。

それから、どっと歓声が巻き起こる。

マトのど真ん中の黒い丸に矢は突き刺さっていた。

「すごい……命中や！」

なんと、たった一発で仕留めてみせたのだ。

驚く街じゅうの人々を侮蔑するように見渡すと、タカやんは不敵に笑った。

さながらこの街の心臓を射ぬいて、葬り去ったかのように。

そうして私の顔を見つけると、こちらに向かって親指を突き立てた。

すごい。やった。タカやん、やった、やった！　本当にすごい。この人は、すごいんだ。やっぱり、特別なんだ。ああ、私の英雄だ。神様に選ばれた男なんだ。

タカやんにずっとついていこう。

大丈夫だ。

そうすれば、絶対に間違いない。

きっと、すごいところへ行けるだろう。

マトのど真ん中に突き刺さった矢を見つめながら、こぶしを握り締め、私は堅くそう決意していた。

それなのに……。

「ソッコー、もうあかんわ。店もつぶれたし、金もないし、レコード会社のオーディションも落ちてしもうたしな。東北のクソアマにアパートも追ん出されたわ。寝るとこもないんや。それに、奥さんのダンナに浮気バレて、ヤクザに追われとるんや。殺されるで、ホンマ。俺、怖いわ。ああ、助けてくれ！　あかんあかん、もう、ここには、おられんなあ……」

電話の向こうのタカやんの声が、ふるえている。

「あのな、俺……帰ろ思うんや」

えっ？

「いや、田舎のあの街には、もう帰れんな。漁師になるんは、嫌や。伊勢市でな、楽器屋の店員の勤め口があって、なんとかなりそうや。エレクトーン教室の先生やりながら、楽器を売るわ……」

私は言葉が出ない。

「所沢の歳上の女と知りおうたんや。そいつを食わしてかなあかんし。一緒に三重県へ帰るわ……」

なんで……なんでや、タカやん。俺の英雄やなかったんか。この都市《まち》で天下取るの楽勝やなかったんかい。俺をここに置いていくんか！　俺を、俺だけを……ここに。信じていたのに。タカやんだけを、ずっとずっと信じて、ついてきたのに。今さら見捨てるんか。あんまりや、ひどいやんか。一緒に、あのクソみたいな田舎街を出てきたのに。いつも二人で見ていた、あの海から逃れてきたのに。俺……俺、これから、誰についていったら、ええんや。なあ、なあ、教えてえな、タカやん。どうやって生きていけるんや。俺みたいな根性《コンジョ》なしが。たった一人で。こんなところで……。

「あのな、ソッコー」

消え入りそうな声だった。

「東京に、負けたわ」

「えーっと、ご質問は何でしたっけ……ああ、僕が、もっとも影響を受けた人？　うーん、ごめんなさい、ちょっと思いつきません。えっ、自分の人生を変えた？　運命の人とかなんとか？ははは、古すぎませんか、今さらそういうの。もう、二十一世紀ですよ。僕はかつて新人類と呼ばれた、価値相対主義の申し子ですからね。絶対的なものなんて存在しない。神も英雄もいない。信じるものなんて、ありません。三重県の海辺の街で生まれ、気軽にひょいと東京へ出てきて、たまたま物書きになった。それだけですって。何の物語もない。ドラマチックな過去もありません。もう五十代も終わりなのに、いまだに結婚せず、子供もいない、ずっと一人暮らしです。ああ、気楽なもんですよ。このまま東京で、たった一人で死んでいくんでしょうねえ。ま、それもいいんじゃないっすか。ええ、僕が影響を受けた人は……いません」

インタビューが終わって、新聞社の応接室を出た。記者に見送られ、エレベーターホールへと向かう。明るい光が射し込んでいた。

ホールの壁が全面ガラス張りになっていた。高層階から眼下の都市《まち》が一望のもとに見渡せる。下りのエレベーターを待つあいだ、じっと私はその風景を見つめていた。

何か聞こえる。

何だろう?

耳を澄ました。

ああ……波の音だ。

かすかに潮の香りがする。

その匂いは、波の音は、だんだん強くなる。

やがて、あたり一面に充満した。

どこまでも、ついてくる。

どこまでも、どこまでも。
目の前に広がる東京の街が、今、真っ青な海に見えた。

四谷四丁目交差点

正午前にマンションを出た。よく晴れたあたたかな日だ。見上げると、空が青い。街路樹の若葉が揺れている。春の空気が頬に心地よい。

五分ほど歩くと、交差点に着いた。横断歩道の向こう側の一角に人だかりが見える。黒々としてどこか異様な気配を漂わせていた。

信号が青になり、横断歩道を渡って、黒々とした人の群れへと私は近づいてゆく。

そうして人群れの輪の端っこに、ぽつんと立ちつくした。

見る間に人は増え、黒々とした輪は拡がってゆく。もう百人ほどはいるだろうか。

ちょうどお昼休みの時刻で、たまたま通りかかった人々は首を傾《かし》げている。

スーツを着て腕章をつけた係員のような男が「立ち止まらないで、道をあけてください」と声をからしていた。人だかりの一角に細い道が作られ、けげんな顔の通行人たちが窮屈そうに通り過ぎてゆく。

「何ですか、これは」

「さあ？」

ひそひそ声で囁き交していた。

輪の真ん中に立つ男が、ちらりと腕時計を見る。

「一分前になりました。皆さん、どうぞ前へ出てください」

後ろから押されて、私は、前へと出た。道の中央に植込みがある。それを取り囲むようにして色彩が爆発していた。ちかちかと目に飛び込んでくる。

色とりどりの花だった。花束の横に、ずらりと写真が並んでいる。真っ白な歯を見せて少女が笑っていた。アナログレコードが、写真集が、ハート形のパネルが、サイン入りの切り抜きグラビアがある。お菓子が路上に置かれてもいた。

二つ並んだ植込みは、花束や少女の写真やさまざまな供え物でびっしりと埋めつくされている。その周りを人垣が取り囲んだ。

じっと腕時計を見つめていた男が、顔を上げると、周囲を見渡し、声を張り上げた。

「黙禱《もくとう》！」

その場の人々は一斉に目を閉じ、手を合わせる。私もそれに従った。

交差点の一角に集った人だかりが、急に沈黙して、みな合掌している。

時空を超える集合的なテレパシーのようなぴりぴりとした念波が、よく晴れた春の青い空へと飛び交ってゆくようだ。さながら電光のように。

四月八日。

十二時十五分——。

三十余年前の同じ日、同じ時刻に、同じこの場所で、一人の少女が倒れた。目の前の七階建てビルの屋上から飛び降りたのだ。

即死だった。

岡野友紀子——という名前を覚えているだろうか。おそらく若い世代は、ほとんど知らない。人気アイドルだった。

私は毎年、この日、この時刻に、この場所へと訪れる。そうして手を合わせて、祈る。ずっと、そうしている。

今でも、そこにはかつての岡野友紀子のファンたちが集まる。十二時十五分になると、彼女が倒れた場所を取り囲んで、みんなで一分間の黙禱をする。

その輪の中に、私もいる。

かつてのファンらは歳を取り、もう中高年だ。喪服を着た女性がいる。花を捧げ、目に涙を浮かべる、初老の紳士がいる。

岡野友紀子だけが歳を取らない。花に埋もれたジャケット写真の中で、亡きアイドルはいまだ十八歳のまま笑っている。永遠に。

名前も素姓も知らず、毎年、同じ場所で会って、顔を覚えている人がいる。言葉さえ交さないが、目が合えば黙礼する。そんな中に、ずっと気になっている人がいた。

今年も来るかなあ、あの人は。

私は、あたりを見渡した。

横断歩道を渡る白い日傘が、こちらに近づいてくる。長い黒髪と透けるような白い肌、澄んだ大きな瞳……来た。

やっぱり、あの人だ。

まっすぐ歩いて植込みに花束を置くと、しばし目を閉じて合掌する。

いつもならすぐにその場所を立ち去るのに、なぜかその日は、じっと立ちつくしていた。

どれほどの時間、そうしていただろう。

やっと帰ろうとしたその人と、目が合う。

「毎年、いらっしゃいますね」と声をかけると、微笑《ほほえ》みながら、うなずく。

その笑顔が、まぶしい。

言葉につまって、気まずい沈黙が訪れ、けげんな顔になった。

「僕は……岡野友紀子に会ったことがあります」

そう告げると、彼女はハッとして、目を大きく見開いた。

「アイドルについて文章を書く仕事をしているんです、ずっと」

私は名乗って、近くのカフェへと誘った。

窓際の席に座る。その店の大きな窓からは、交差点が見えた。まだ植込みを取り囲んだ人群れは、去らない。みんな立ちつくしている。

店内には挽《ひ》いた豆の香ばしい匂いがあふれ、私たちはコーヒーを注文した。

目の前の美しい女性は、とても若く見える。いったい何歳なのか？　春らしいパステルカラーのワンピースには、小さな花の模様がちりばめられていた。

「覚えています」

初めて口を開いた。

「ずっと小さかったけど、友紀子ちゃんが死んだ時、わたし、ひどくショックだったこと、はっきりと覚えているんです」

凛とした声だった。微笑んでいるのか、泣きそうなのか、わからない、奇妙な表情になる。澄んだその瞳に、吸い込まれそうな気がした。

「僕は、二十五歳でした。だから、あれは、そう……」

一九八五年、秋のことだ。

河田町のテレビ局へ行くと「中野さん」と声をかけられた。

芸能事務所のマネージャーだった。

隣に立つ女の子が、ぺこりと頭を下げる。色が白く、目鼻立ちのくっきりとした美少女だ。

岡野友紀子だった。

前年にデビューした新人アイドルで、当時、十八歳。急速に人気を上げていた。

生身の岡野友紀子は、テレビで見るより、どこか素朴な印象がある。芸能界にすれていない。

今、上京したばかりの地方の純な少女のように見えた。

かわいい娘だな、と素直に思った。

「がんばってください」

そう声をかけると「ハイ、ありがとうございます！」と元気よく笑う。

えくぼができた。

あのはにかんだような笑顔が忘れられない。

それから彼女は、たった半年も生きなかったのだから……。

「信じられないんですよ、今でも。あの娘がもうこの世にはいないなんて。岡野友紀子とは、その時、一度きり会っただけなんだけど……」

目の前の女性は、じっと私の目を見つめている。まるで私の瞳の奥にいる亡きアイドルの姿でも探そうとするように。

コーヒーが置かれ、口をつけると、濃い味がした。

「おいしい」と呟いてカップを置くと、「わたし、北国で生まれたんです」と彼女は言う。

傍らのたたんだ白い日傘を見つめた。

「太陽アレルギーなんです」

えっ、と思った。初めて耳にする病だ。

「日中は外に出られないんですよ。太陽の光が怖くて」

長いまつげを伏せる。

その人の透けるような白い肌の理由《わけ》を知った。

「でもね……でも、今日は、今日だけは、特別なの。日傘をさして、ここに来る。……友紀子ちゃんのために」

澄んだ瞳に、光が射した。

コーヒーをもうひと口、飲む。

「僕はね、新人類だったんですよ」

「……シンジンルイ？」

ぽかんとした顔になった。

それはそうだろう。こんな珍妙な呼称は、今ではもう誰も覚えていない。

「なんて言うんだろう、まあ、ちょっと変わったことやってる若者を、当時のマスコミは新人類って呼んでね……」


その頃、私はミニコミ雑誌から出発したフリーライターだった。三鷹の風呂なしアパートに住んでいたが、ミニコミ仲間が編集室として神田小川町のワンルームマンションを借りた。やがて、そこに寝袋で寝泊まりするようになる。

新聞社系の週刊誌に〝新人類の旗手たち〟というグラビアページがあった。なぜか私に声がかかって、そこに登場すると、状況が一変する。新聞や電車の中吊り広告に自分の顔写真が大きく載った。ほどなくミニコミ編集部の電話が鳴りっぱなしとなり、仕事が殺到する。ほんの一か月ほどのあいだに在京のすべてのテレビ局の番組に出た。NHKの若者番組の司会も務めたのだ。

朝、コメント依頼の電話で寝袋から飛び起きる。日に何人もの見知らぬ人々の取材を受けた。新人類っぽい珍妙なポーズで雑誌グラビアを撮られ、文化人やタレントやお笑い芸人らとの対談をこなし、テレビ局を飛び廻った。仕事終わりに、打ち上げの呑み屋を何軒も引っ張り廻される。帰宅して、明け方まで殺到する依頼原稿をこなした。倒れるように寝袋に入ると、また朝、コメント依頼の電話で飛び起き……。

そういう生活を半年も続けたら、異変に気づいた。

なんだか目の前が揺れ、足元がふらふらする。耳鳴りがして、動悸が激しくなり、眠れない。汗をびっしょりかく。時間の感覚も飛んでいる。ああ、いったい、今はいつなんだろう。

ここはどこだ？　俺は誰だ？

そうしてある日、体が動かなくなった。寝袋から起き上がれない。まったく食欲がない。胃がどよーんと重く、下腹部に不吉な黒い雲でも拡がっているみたいだ。

涙があふれ、止まらなくなった。

もうダメだ。限界だった。

すべての仕事をキャンセルして、私は神田の安ホテルへと逃げ込んだ。結局、半年以上もそこですごした。一日中、何もしないで、ただボーッと寝ていた。

ミニコミ編集部の二十歳の青年が、私の弟子と称して、時折、ホテルに電話をくれた。

「中野師匠、大変ですよ、テレビを見てください！」

ホテルの小型のテレビをつけると、ニュース速報のテロップが出た。

岡野友紀子が飛び降り自殺をしたという。

背筋が冷たくなった。

夕刻、ミニコミ雑誌の編集室へ行くと、留守番電話がパンクしている。殺到したマスコミからのコメント依頼だった。

とても応じる気にはなれない。なんだか、いてもたってもいられなくなる。

そうだ、行ってみよう、と思った。

四谷四丁目交差点へ。

「えっ、あの日、あそこへ行ったんですか？」

彼女は、窓の外の交差点を見る。

岡野友紀子が飛び降りたのは、所属する芸能事務所が入った七階建てビルの屋上からだった。

それは今、目の前の四谷四丁目交差点の一角にある。

「うん、あの日、四谷三丁目駅からここへ来てね……」

現場に近づくと、足が止まった。

既にあたりは暗いが、そこだけ煌々《こうこう》と灯りがともっている。テレビ局の中継ライトに照らされて、群衆が見えた。ファンや野次馬、取材記者、制服警官らでごった返している。

カメラのフラッシュが何度もまたたいた。

マイクを持った女性レポーターが何か早口でまくしたてている。

岡野友紀子が倒れたとおぼしき場所を取り囲み、ファンの青年たちが円陣を組んでひざまずき、路上にひれ伏していた。号泣する声は、さながら獣の雄叫《おたけ》びのようだ。

とても近寄れない。

道端に立ちつくし、そっと目を閉じると、私は手を合わせた。

はっと傍らを見ると、セーラー服を着た少女が一人、花束を抱えて立ち、滂沱《ぼうだ》の涙を流している。

「そうだったんですか」

目の前の女性は、コーヒーカップを持つ手を止めて、放心したような表情になった。

あの日、涙を流していたセーラー服の少女は、実は、この人ではないか――と一瞬、思った。

もちろん、そんなことはありえない。私はうつむいて、小さく首を振った。

それから、どうしたのだろう。

あの日、私は……。

ああ、そうだった。

「中野くん」

後ろから肩を叩かれた。

知り合いのアイドルライターだ。硬い表情で、かすかにふるえている。顔色が真っ青だった。

あの夜、私たちは四谷四丁目交差点の喧騒を離れ、新宿方面へと移動して、喫茶店に入ったのだ。

「……俺、もう、どうしたらいいか、わかんないよ」

絞り出すようにして、佐渡《さど》さんはやっとそう言った。注文したコーヒーには口もつけず、もう冷えている。

佐渡さんと初めて会ったのは、いつだったろう。当時は八〇年代アイドルブームの全盛時で、アイドル雑誌がいっぱいあった。私たちのような若いライターが起用されたのだ。

どこかの雑誌の編集部で会い、うまが合った佐渡さんとは、編集者を交えて何度か呑んだ。私より三歳上で、キャンパス雑誌のライターをやっていたという。

「ま、大学はさ、ほら、横から出たクチだけどよ……なはははは」

佐渡さんはタバコのヤニまみれの歯を見せて笑った。天然パーマのもじゃもじゃ髪で、あばた面《づら》、ひょろりと背が高く、いつもくたびれたセーターを着て、銀ぶちメガネの奥の目が細い。人のよさ、あったかさが全身からあふれ、何よりやさしかった。

その佐渡さんが顔色を失くして、ふるえている。別人のようだ。

「ユッコはさ、デビュー当時から何度も取材したんだよな。とってもいい子でね、すぐにファンになったよ。あのな、中野くん、ユッコって、俺を……俺のこと、メガネのお兄ちゃんって……

呼んでくれて……な」

声をつまらせた。

私はもう、何も言えない。

「ユッコってさ、ものすごいがんばり屋だったじゃん。中野くんだって、知ってるだろ。親に芸能界入りを猛反対されてさ、それでもどうしてもアイドルになりたい！　って、ほら、学内テストで一番になることみたいなきびしい条件をつきつけられて、全部それ、クリアして芸能界に入った。で、こないだの曲じゃ、遂にオリコンで一位になった。トップアイドルになったんだよ！　な……なんで死ななきゃいけないんだよ。十八歳で……俺……俺、もう、わかんないよ」

佐渡さんは、ふるえる指で、目の前のタバコを吸わないままに灰皿にもみほぐした。くちびるを噛《か》んでいる。

岡野友紀子はその日の朝、南青山の自宅マンションで手首を切り、ガス栓を開いた。異変に気づいた近所の住人の通報で救急搬送される。

傷は浅く、命に別状はない。すぐに退院したが、〝岡野友紀子、自殺未遂〟の報はマスコミ関係者に知れ渡った。四谷四丁目の所属事務所に運ばれる。

マネージャーやスタッフが目を離した隙に、屋上へと駆け上がった彼女は、飛び降りた。

自殺の原因は？

わからない。

ドラマで共演した歳の離れた男優との恋愛が破局したため、と報じる週刊誌もあった。件《くだん》の男優は否定している。

「アイドルだから……じゃないかな」

佐渡さんが顔を上げて、ぽつりと言う。

「アイドルだから……そう、アイドルだから、死んだんじゃないかな」

えっ、何を言ってるか、わからない。

「孤独なんだよ、アイドルって。トップアイドルは、そう、頂点をきわめたアイドルはさ。夢は叶った、もう、これ以上、上へは行けない。あとは落っこちるだけだ。落っこちないように、落っこちないように、ただ、ひたすらがんばるしかない。まだ十代の若さなのにさ……それって……それって、きついよな」

目を伏せて、首を振った。

「めちゃめちゃ負荷がかかるんだよ、アイドルって。トップアイドルってさ。真面目な娘ほど、傷つくよ。グサグサやられるよ。ユッコみたいにさ。けど……けど、負荷をかけてんのって、彼女を傷つけてるのって……いったい、誰よ?」

佐渡さんは、こちらを見た。

「俺たちじゃないか」

はっとする。

「なあ、俺たちがアイドルを求めるから、負荷をかけてる。年端もいかない女の子を、めちゃめちゃ傷つけてる。なっ、そうじゃないか……そうだろ、中野くん」

胸を突かれた。

「……俺たちが、ユッコを殺したんだ」

それは違う。違うよ、佐渡さん。あまりにも極論だ……そう言おうとしたが、私は言葉を飲み込んだ。

異様な声音を発して、目の前のもじゃもじゃ髪が揺れている。

人目もはばからず、顔をぐしゃぐしゃにして、佐渡さんが泣きじゃくっていたのだ。


それが佐渡さんに会った最後だった。

ほどなくライターをやめて田舎へ帰ったとも聞いた。

あの日、佐渡さんはこうも言っていた。

「こんなことがあって、俺さ……俺さ、もうアイドルについてなんて、書けないよ……」

その言葉が、ずっと私には引っかかっていた。

いや、いまだに引っかかっている。

そう、三十数年後のこの今も……。

岡野友紀子が死んでから、ほどなく若い世代の自殺が相次いだ。

一九八六年四月の新聞を、今、見返してみるといい。その春、自ら命を絶った大勢の少年少女らの顔写真が、連日、紙面を埋めつくしている。

まるで見えない戦争があって、従軍した年若い兵士たちが次々と戦死を遂げたかのよう。

それは終わることのない葬列、遺影、延々と続く青い墓標の群れとも見えた。

そうして四月の終わりがくる。

ソビエトのチェルノブイリで原子力発電所の大事故が起こった。世界中に大量の放射能が拡散されて、人類滅亡の危機とすら叫ばれた。

あの春は、本当にどうかしていたのだ。

私自身がそうだった。

精神を病んで、安ホテルへと逃亡し、ただひたすら無為な日々を過ごしている。二十六歳で私は年老いた。一日中、ベッドの中でふるえていた。

そこに岡野友紀子ショックが襲った。

私は、生きているだけで、やっとだった。

知り合いの編集者から雑誌が送られてきた。

表紙には〈新人類はもう終わった！　次の才能が見たい〉とある。

ため息をついた。

前年、その雑誌に私は〝新人類〟として何度も出ている。

ああ、自分は「もう終わった！」んだな。

雑誌にはトークイベントの招待券が同封されている。へえ、行ってみようか、と思った。

新宿の紀伊國屋ホールで開かれたトークイベントの最後に、吉森遼明が出てきた。

高名な詩人であり、思想家だ。学生運動の世代にカリスマとして支持された。

「えっと、えーっと、ヨシモリです」

演壇の老賢者は訥々《とつとつ》と語り始めた。

「今日は、あのー、岡野友紀子はなぜ死んだか？　ということから、話したいと思います」

えっ、と思わず私は座り直した。

吉森の語りには誠実なものを感じたが、どこか遠い高みにある言葉のようにも聞こえる。

「あのー、岡野友紀子と、それに続いた若者たちが、飛んだ……つまり、彼らはそう、この今を超えようとしたんじゃないか。すると、あの子供たちは、過去に向かって飛んだのか？　未来に向かって飛んだのか？　ボクには気になるんです」

いかにもロマン主義的な、老詩人らしい言葉だった。

若い世代の後追い自殺の連鎖が、やっと収まったように思われた頃、また、さらに奇妙な出来事が起こる。

岡野友紀子の幽霊が出た、というのだ。

テレビの歌番組で、背景にぼんやりと映る彼女の姿を見た、と誰かが騒ぎ出し、またたく間に日本中に拡がった。いわゆる子供たちのうわさ話だ。

あの頃の空気を、そう、一九八〇年代のあの独得の雰囲気を、いったいどう言ったらいいだろう。

時代全体がはしゃぎ廻っていた。

一人の少女が死んだのだ。

なのに、みんな大騒ぎして、マスメディアも世間も、その死に、どこか異様に発情しているみたいに見える。

写真週刊誌が次々と創刊された。テレビのワイドショーや芸能レポーター、パパラッチ・カメラマンらは我が物顔だった。

ある雑誌のグラビアに、なんと飛び降り自殺直後の岡野友紀子の写真が掲載されたのだ。路上にうつ伏せに倒れ、血まみれだった。

これはひどい、と目をそむけ、私は雑誌を閉じた。

嫌だ、嫌だ、ああ嫌だ。自分は、自分だけは、絶対に、このマスメディアの狂騒の輪には入りたくない。

「……俺、もう、どうしたらいいか、わかんないよ」

そう呟いて、沈黙した、あの佐渡さんの泣きじゃくる声が、私の胸に深く突き刺さっていた。

さながら獣の雄叫びのような、号泣する声が聞こえる。

岡野友紀子が倒れた場所で、円陣を組んでひざまずき、路上にひれ伏していた、あの青年たち。

私は、とてもその輪には入れなかった。ふいに足が止まって、もう近づけない。ただ、遠巻きに彼らを見つめ、立ちつくしているだけだった。

俺って、いったい、何だよ。

どこの輪にも入れない。

この世に居場所なんてなかった。

いつしか自分に問いかけている。

なあ、おまえ、何を言ってるんだよ、偉そうに。十八歳で死んだアイドルのために、おまえは、まだ、泣いてもいないじゃないか。

どこにある、ああ、自分の場所は、いったいどこにあるのか？


貯金がつきて、神田の安ホテルを出た。

中央線のはずれの築何十年かのおんぼろアパートの風呂なし四畳半へと移り住んだ。

また食えないフリーライターに逆戻り。新人類ブームは終わった。売れてる頃は、あれほど周りに群がってきたマスメディアの人々は、逃げ足早く、みんな去っていった。

世間はすぐに岡野友紀子の死を忘れた。

イギリスの皇太子夫妻が来日して、ダイアナ・フィーバーに沸いた。上野動物園のパンダが赤ちゃんを産んだ。三原山が噴火した。その年の暮れには、ビートたけしが「フライデー」編集部に殴り込んだ。

新しい祭り、新しいイケニエを、マスコミは次々と探して、相変わらず、はしゃぎ廻っていた。

「中野師匠、テレビ局から出演依頼の電話が……」

時折、ミニコミ編集部の青年がそんな連絡をくれたが、すべて断った。

もう、テレビには出ない。堅くそう決めていた。どうして？　と問われたが、う〜ん、と口ごもるばかり。うまく説明できない。

だけど、これだけは言える。

そう、岡野友紀子のことだ。彼女の自殺とその後のもろもろがずっと引っかかっていた。あの時、新人類として、テレビ文化人として、ペラペラとしゃべっているような自分じゃなくて、いや、本当によかった。心からそう思う。

いつしか私はテレビの現場から遠ざかった。

それでも食っていかなきゃいけない。生きるために。生活をしなければならない。生き延びるために。

私にできる仕事は、そんなにはなかった。

半ばパンチラ雑誌のようなアイドルの投稿写真系雑誌で、私は連載を続けた。世間では名も知られない、いわゆるB級アイドルに毎月会って、話を聞き、応援文を書く。それが私の仕事だ。

岡野友紀子の死から三年後、昭和が終わった。テレビの歌番組が立て続けに終了して、アイドルの姿が消えてゆく。

長く続く〝アイドル冬の時代〟だった。

三十歳を超えた私は、それでも細々とアイドルについて書き続けていた。アイドル雑誌が次々と廃刊して、かつてのアイドルライター仲間らは、もう、ほとんどいない。みんな転職するか、田舎に帰るか、他のジャンルの物書きへと乗り換えていった。

私だけが変わらない。物書きとして「生き残った」というより、「逃げ遅れた」ようだ。

いつしかアイドル評論家と呼ばれていた。


二十一世紀に入って、十年が過ぎた。

遂に長い冬の時代が明けて、アイドルブームが訪れる。

私は五十歳になっていた。

国民的人気のアイドルグループがライブDVDを発売する。そのテレビCMに出演したのだ。

若い評論家や社会学者らと『朝まで生テレビ』スタイルで大激論を繰り拡げる。

このCMは大量に流れ、話題になった。

〈えっ、中野秋夫って、まだ生きてたのかよ(笑)〉

そんな書き込みをインターネット上で見かけた。久々のテレビ出演だ。無理もない。

そのアイドルグループのメンバーが、恋愛禁止のきびしい掟を破った。クビになるのを怖れて、自分の髪にバリカンを入れる。丸刈り頭で謝罪する無惨な少女の映像が、動画サイトで流れ、大騒ぎになった。

日本の少女アイドルには人権はないのか! と海外メディアにも激しく批判された。

「中野さん、大変なことになりました。どうしましょう」

一緒にCMに出た、私より二十歳も若い評論家の青年からかかってきた電話の声が、ふるえている。

急遽、インターネット番組で、この件について討論することになった。ニコニコ生放送とかいう、視聴者の書き込みが次々とリアルタイムで画面上に流れる式のものだ。

番組開始の直後から、アイドルグループの運営やプロデューサー、そして私たちを非難する口汚い言葉の数々が大量に流れ続けた。

その中の一つに目が留まる。

〈こんなことじゃ、また、岡野友紀子のようなことが起こるぞ!〉

はっとなった。

「岡野友紀子に、僕は会ったことがある」

とっさにそう口走っていた。

「だけど、較《くら》べられないよ。あの時のことを思えば、今回の件なんて、大したことじゃない」

また、ダーッと画面上に流れる非難の言葉の集中砲火を浴びた。

だが、私はひるまない。

だって、そうじゃないか。

髪の毛は、また伸びるだろう。

だけど……だけど、岡野友紀子は、もう、決して生き返らないんだから。

「……俺たちが、ユッコを殺したんだ」

ふいに声が聞こえる。

「……なあ、俺たちがアイドルを求めるから、負荷をかけてる。年端もいかない女の子を、めちゃめちゃ傷つけてる。なっ、そうじゃないか……そうだろ、中野くん」

ああ……。

「……こんなことがあって、俺さ……俺さ、もうアイドルについてなんて、書けないよ……」

四半世紀ぶりに耳にする、あの佐渡さんの泣きじゃくる声だった。

「いろんなことがあったんですね……本当に」

目の前の美しい女性が言う。

我に返った私は、回想を打ち切った。

ああ、いったいどこまで話したんだろう。

カフェの店内は客がまばらで、カップにわずかに残ったコーヒーは、もう冷めている。

窓に目をやると、交差点の植込みの人群れが、すっかり少なくなっていた。

昼休みの時間は、終わっている。

私も、仕事場に帰らなければならない。

正直、なごり惜しかった。けれど、結局、その美しい人の名前も年齢も連絡先も訊かずに、別れた。

最後に一つだけ質問をして。

「彼女は、なぜ死んだと思いますか？」

しばしの沈黙があって、わかりません、と言った。

「……でも、毎日、歌を聴いています。今日も聴きました」

切実な声だった。

「今でも、わたしの中に生きています……岡野友紀子は！」

そう答える彼女のまっすぐな瞳と、亡きアイドルの美しい瞳とが、今、ぴたりと重なって見えたような気がした。

別れてから、気づいた。彼女には話さなかったことがある。

岡野友紀子の死から十年が過ぎた頃、私は引っ越した。新宿区の古ぼけたマンションで、そこが自宅兼仕事場になる。

引っ越してすぐにあたりを散策していて、広い通りへと出た。

なんだか見覚えのある風景だ。

四谷四丁目交差点だった。

驚いた。

知らずと自分は、岡野友紀子が身を投げた場所からほんの目と鼻の先の、歩いてわずか五分たらずの近所へと引っ越していたのだ。

なんということだろう。

こういうことって、あるのか。

これもまた運命なのかなあ、と思った。

交差点に立ち、空を見上げ、七階建てビルの屋上のあたりを、ぼんやりとながめながら。

そうして、ずっとこの場所に住み続けている。

そう、たったこの今も。

亡きアイドルが最期の瞬間を迎えたところから、ほんの近くで、私はこの文章を書いている。

私にできることなんて、もう、あまりない。

人生の残り時間が見え始めている。

忘れないこと。思い出すこと。今はもうこの世にはいないアイドルのために。こうして文章を紡ぐこと。ひたすら、ただ、ひたすら、書くこと。書き続けること。愚鈍な私の言葉たちを。解き放つこと。

魔除けのように。贖罪《しょくざい》のように。

それぐらいだ。

ああ、そうだった……。

毎年、四月八日、お昼になると、私はマンションを出る。四谷四丁目交差点へと行って、手を合わせて、祈る。必ず、そうする。もう、二十年以上も、ずっとそうしている。

不思議なものだ。毎年、同じ日の同じ時間、同じ場所にずっと通っていると、さまざまな変化がある。

よく晴れた日曜日には、大勢のファンが集まった。子供連れもいる。なんだか春のピクニックみたいだった。

嵐のような大雨の日には、ごく少数だった。みんな険しい表情をしている。天に試練を課せられた人のように。十二時十五分になると、傘をたたんで、ずぶ濡れになって手を合わせた。岡野友紀子の写真も濡れていた。泣いているみたいだった。

その後、あの美しい女性に逢うと、黙禱した後、近くのカフェで話すようになった。もう、何年になるだろうか。

年に一度、四月八日の午後に、一杯のコーヒーを一緒に飲むだけの関係だ。今は亡きアイドルのことを話しながら。

交差点に集まる人々は、年々、歳を取ってゆく。なのに、なぜか彼女だけは、ずっと若い。いや、だんだん若返っているようにさえ見える。不思議なことだ。

いまだに素姓も、年齢も、どこに住んでいるかも、知らない。

「あや」という名前だけは、教えてくれた。それが本名か、ニックネームであるかも、不明だが。

あやさんが見つからず、話すことができなかった年もある。

残念ながら。

でも、ま、いいさ。また一年後、四月八日には、きっと逢えるだろう——そう考えて、私はマンションへと帰ってゆく。

ある時のことだった。

あやさんが話してくれた。

「あのね。わたしが初めて、ここへ来たのは……」

故郷の北国から、修学旅行で東京へ来た。自由行動の時間に、すぐにこの四谷四丁目交差点へと訪れたという。

そこは幼い日から大好きだったアイドル・岡野友紀子が息絶えた最後の場所だ。彼女にとっては、まさに〝聖地〟だった。

ああ、とうとうわたし、ここにやって来た！

思わず、彼女はひざまずく。そうして、岡野友紀子が倒れたところ、その地面に手のひらを当てて、そっと触れてみた。

しばらく、そうしていた。

それから、立ち上がると、目の前の七階建てビルへと入っていった。もちろん、無断で。

エレベーターに乗り込むと、最上階のボタンを押す。そこで降りて、さらに階段を昇り、屋上へと出ようとしたのだ。

しかし……。

屋上の扉には、厳重に鍵がかかっていて、開けることができない。

彼女はその場にへたり込んで、口惜《くや》し泣きに泣いた。

ああ、なんということだ、せっかく、ここまで来たのに……。

唖然とした。

まさか、あのビルの屋上へ行こうとして、北国からやって来た少女がいたなんて。

ちょっと考えられない。

だけど、いや、どうだろう。

岡野友紀子が最後に立った場所を見たい、というのは、ファンにとっては、ごく自然な感情ではないか。

ああ、自分はなぜ、今まで、そんなことにも思い至らなかったのだろう。不思議だ。

ずっと私は、考え続けた。

そして、はたと思った。

そうだ。

行ってみよう。

あの屋上へ。


ビルの管理会社に連絡して、屋上への立入りを願い出た。あっさり拒否されたが、粘り強く交渉を続ける。最後は誓約書まで記して、提出した。

そうして、ある秋の日、遂にあの屋上の扉を開けたのだ。

夕暮れだった。

赤く照らされている。

一歩、外へ踏み出すと、ふわっと風に吹かれた。

秋の風が身にしみる。がらんとしていた。

屋上の突端には大きな看板があって、塞がれている。その下は柵で、わずかなすき間しかなく、外が見えない。

看板の左端、隣のビルとのあいだに、空間があった。

ああ、彼女はあそこから飛び降りたのだ。

私はゆっくりと歩を進め、その場所に立つ。

胸の鼓動が高鳴る。深呼吸をした。

看板の脇のポールをつかんで、外へと身を乗り出す。

くらくらっと、めまいがした。足がすくむ。思った以上に高い。

下界が一望に見渡せる。

七階建てビルの屋上から望むパノラマだ。

交差する新宿通りと外苑西通りを走る車の列が、夕陽に赤く照り映えている。

おもちゃのような信号機が点滅した。舗道の人々も豆つぶみたいに小さい。

ふいに目頭が熱くなる。

ああ、これが……岡野友紀子が最後に見た景色なのだ。

三十余年前、十八歳のアイドルが、ここから飛んだのだ。

何か聴こえる。何だろう。耳を澄ます。

……歌声だった。

彼女が歌っている。

背筋がぞくぞくっとした。

その時、急に強い風が吹いた。私の体を前方へと押しやる。足元がふらつき、バランスを崩した。ポールから手が離れる。

わっと声を上げて、目を伏せた。

落ちる。

落ちる、落ちる、真っ逆さまに。

目の前が真っ暗だ。

私は、暗黒の闇の底へ、底へと、落ちていった。


ここは、どこだ。どこにいる。

何も見えない。

私は、もう死んだのか？

耳を澄ます。

と、暗闇の彼方から、また、何か聴こえる。

それは……歌声だった。

いや、岡野友紀子ではない。

少年の姿が見える。目を閉じている。気持ちよさそうに。体を揺らしている。

ああ、私だ。子供の頃の私だ。

懐かしい。海の匂いがする。故郷の海の匂いだ。

三重県の漁村に生まれた。五歳上の兄がいる。

兄貴の部屋へと忍び込んだ。そう、こっそりと。机の上のものをそっと手に取る。何だろう？

小さな、四角い、何かぴかぴかしたもの……トランジスタラジオだ。しばらく、じっと見つめ、
それから、おそるおそるスイッチをひねった。

その瞬間だ。

突然、音楽が鳴り響いた。不思議なメロディーが流れた。

女の子の歌声が聴こえる。

パッと目の前が明るくなった。まわりの景色が一変する。世界が急速にカラフルになった。心地いい。なんだか、体がふわふわとして、心がウキウキと弾んだ。

自然と身を揺らしている。踊り出したくなった。

ああ、これは……南沙織の『17才』だ。
私の最初のアイドル体験だ。
十一歳だった。
その瞬間から、ぎゅっとハートをつかまれた。完全にとらわれた。
アイドルの魅力に。
ずっと、ずっと、追い続けた。
アイドルの魅力を。
そう、四十数年後の、この今まで。
アイドルは、私を生かし続けた。
南沙織の歌声が聴こえる。
あれは……私の人生の決定的な瞬間だった。

目を開ける。
私は必死でポールにしがみついていた。
ここは……風の吹きさらす屋上だ。
生きている。
よかった、ああ、生きている。

ほっと胸をなでおろした。

目がくらんで、どうやら幻でも見ていたようだ。刹那《せつな》の夢のような、子供時代の一瞬を——。

耳の奥には、かすかにまだ懐かしい音楽の残響がある。あの歌声が、私を救ってくれたのか。

きっと、そうだ。危うい死の淵のぎりぎりのところで、かろうじて、この世につなぎ留めてくれたのに違いない。

夕陽に照らされた下界が見える。

覗き込むと、足がふるえた。

真下の地面に吸い込まれ、今にも落っこちそうだ。

とうとう、ここまで来てしまった。危うい時代の突端《エッジ》、崖っぷちへと。そう思う。

だけど……。

ここが限界だ。

これ以上、先へは行けない。もう、一歩も前へと進めない。

私は、飛ばない。決して、飛べやしない。

わかっている。

ああ、吉森遼明さん、私には「今を超える」ことなんて、できないよ。

あの春、ここから飛んだ十八歳のアイドルや、その後を追った数多くの子供たちのようには。

未来にも、過去にも、飛べない。

今にしがみついて生きるしかない。

この断崖絶壁から日常へと引き返して。

私は、地べたを這《は》うようにして、今を、生きる。そう、今だけを、生き続けるんだ。

アイドルの魅力を語るために。

やっと見つけた。

ここが私の場所だ。

私だけの場所なんだ。


涙が出た。

不思議だな。

三十余年前、この場所へと来て、亡きアイドルのために、まったく泣けなかった私が。

今頃、泣いている。泣きじゃくっている。

かつてのアイドルライター仲間のように。

ねえ、佐渡さん、俺は今でもアイドルについて書いているよ。これからどれだけ生きるかわからないけど、残りの生涯、ずっと、ずっと書き続けていくよ。

だって……だってさ、俺にできることなんて、それぐらいじゃないか。

一度も結婚しなかった。妻も子供もない。持ち家も財産もない。両親ともとっくに死んでしまった。たった一人だ。

私は成長できなかった。成熟を果たせなかった。ずっと青いままに年齢だけを重ねてしまった。十一歳の時に出逢った、アイドルなんてものを、なんともう五十代も終わりを迎えようとしているのに、いまだ手放さず、ひたすら、ずっと追っかけ続けている。

これが私の一生か。

なんて人生だ。くだらない。

私の人生はくだらなかった。

でもね、でもさ、そんなくだらない人生を、今、抱き締めるんだ。思いっきり。

自分をこの世に生かし続けてくれた、そう、アイドルの魅力と一緒に。

*

「……一分間が過ぎました」

男性の声が聞こえて、目を開ける。

黙禱が終わった。

その後、恒例のように、亡きアイドルのファンの代表である件の男性の短い話がある。

「毎年、こうやって皆さんに集まっていただいています。ですが、所属事務所も移転してしまい、このところ、ご近所の方々から随分と苦情も来ているようです。どうでしょう、三十三回忌を区切りとして、一度、こうした集まりをやめるということも考えてみたいと……」

みんな神妙な顔になった。

「岡野友紀子が眠っている愛知県の菩提寺には、たった今、同じこの時間に、私たちの仲間が集まっています。祈りを捧げているはずです。実は、そのお寺の住職さんから、皆さんにと言伝《ことづ》てがあります。〈岡野友紀子さんは、もう、成仏している。だから、皆さん、どうか悲しまないでください〉、と……」

ああ、こうやって年に一度、この場所で黙禱することも、できなくなるのかな……と思った。いや、たとえできるとしたって、自分の年齢を考えれば、ここへ来られるのも、もう、そんなに多くはないだろうけれど。

なごり惜しそうに、人々はその場に残っていた。

植込みに置かれた花束の山と、亡きアイドルの笑顔の写真を、じっと見つめている。

私は、あたりを見渡した。

あやさんの姿を探したが、見つからない。

ああ、今年は逢えなかったかな。

残念ながら。

でも、ま、いいさ。また一年後、四月八日には、きっと逢えるだろう。

十二時半が過ぎた。

マンションへと帰って、仕事をしなければならない。

原稿を書くのだ。

アイドルについての原稿を。

風が吹いた。

街路樹の若葉が揺れる。

私は、空を見上げた。

よく晴れた真っ青な春の空を。

ふと七階建てビルの屋上、大きな看板の脇のあの空間に目をやる。

そこに立つ、少女の姿を見つけようとして。

だが、何も見えない。

交差点の信号が青に変わった。

横断歩道を渡ろうとすると、向こう側に、何か白いものが見える。

……日傘だ。

大きな花束を抱えた、長い黒髪と白い肌、澄んだ瞳の美しい女が、まっすぐにこちらに向かって歩いてきた。

新人類の年

エレベーターが急上昇して、耳が痛くなった。

六本木ヒルズの五十一階で降りると、スーツ姿の美女が笑顔で出迎えてくれた。

「どちらへ、いらっしゃいますか?」

行き先を告げたら、先導して案内してくれる。薄暗い回廊は、なんだか宇宙船内のようで、ふいに暗がりからエイリアンでも飛び出してきそうだ。しばらく歩いて、パーティールームに着いた。

既に大勢の人でにぎわっている。

クロークにコートを預けると、グラスのシャンパンをもらった。

広い窓からは東京の夜景が一望のもとに見下ろせる。東京タワーが眼下でまたたいていた。

「中野さん、お久しぶり」

背後から肩を叩かれた。

旧知の編集者がグラスを手に笑っている。

「何、中野さんもカレシとつき合いがあるの?」

「ああ、こないだ雑誌の対談相手としてご指名を受けてね。光栄の至りですよ、こんな年寄りに」

「またまたあ」と編集者は大仰におどけてみせた。「そんな歳でもないでしょう」

「いや、ホント、もう還暦も近いよ」

「えっ、マジっすか？　新人類の旗手と呼ばれた中野さんが、へえ、還暦ってねえ」

薄暗いフロア内に目が慣れる。若手の俳優やタレント、コメンテーター、女子アナ等、テレビで見かける顔が、そこここにあった。

著名なフィギュアスケート選手が女たちに囲まれ、ポーズを取らされている。メンタリストの肩書のつるんとした顔の男が、手にしたフォークの先端を自在に曲げてみせ、歓声が湧いた。

将来の総理大臣候補との呼び声も高い若き二世議員が、話題の女性大臣と談笑している。傍らではＩＴ起業家と女性ニュースキャスターが、しきりにうなずいていた。

電動車椅子に乗った身体にハンディキャップのあるベストセラー作家が現れると、わっと取り囲まれる。

弾んだ音楽が流れていた。色とりどりの風船が浮かび、明滅するライトに照らされる。肌を露出した女たちが影絵のように揺れて、どこかすべてが心地よい虚構に見えた。

「なんだか妙に懐かしい感じですねえ」

しみじみと編集者が言う。

「ここだけに復活した、局所的な……バブルかな？」

言い当てられたような気がして、私は苦笑した。

「おっと、主役の登場だ」

すらりとした青年が、こちらに歩いてくる。ノーネクタイで仕立てのよいジャケットをはおり、ヘアサロンから出てきたばかりのような髪型で、柔和な笑みを浮かべていた。全身から強烈なオーラを発している。

「来てくれたんですね、中野さん」

「ああ、富市くん、誕生日おめでとう」

「ありがとうございます」

それだけ言うと、もう取り巻きにつかまって、向こうへ行ってしまった。

窓際の小ステージがスポットライトに照らされる。〈HAPPY BIRTHDAY TOMIICHI♡〉の飾り文字が浮かび上がった。

「乾杯のご発声を」と乞われて、テレビの討論番組の老司会者がおぼつかない足取りでマイクの前に立った。

「えー、富市充寿さん、おめでとう。富市さんは三十三歳になるのかな。出てきた時には二十代の若者で、へぇ、こういう面白い人がいるのか、と驚いたものです。なんせ、ウチの討論番組の出演者は、そう、ワタシをはじめみんなジジイばかりでね（笑）。富市クンは際立って若い。見ると、ここには美しい女性たちも、たくさんいるねえ。いやあ、いいことだ。老兵は去るのみ。これからのニッポンは、若者と女性たちの時代ですよ。富市充寿クンの誕生日を祝して……乾杯！」

グラスが掲げられた。

フロア内がざわつく。「今や時代の寵児だな、富市クンも」という誰かの囁きが聞こえた。

富市充寿は超売れっ子の若手文化人だ。数年前、『笑う若者論』という著書がベストセラーになった。世の若者論を、若者である著者が笑う——という若者論、だ。なんともメタに複雑屈折して見えて、視点はアイロニカルで（軽やかに自分と自分の世代を笑ってみせる）、文章はユーモアに満ち、根底には醒めた鋭い戦略性がかいまみえた。

何より、本の表紙に大きく載った著者の顔写真が話題を呼ぶ。アイドルも顔負けのイケメンで、そのルックスにテレビ・メディアが飛びついた。

深夜の討論番組では最年少の論客として注目を集める。ワイドショーのコメンテーターやバラエティー番組などにも引っぱりだこで、その炎上発言が一躍、脚光を浴びた。

〈現代の新人類・富市充寿クン、大研究！〉なる見出しで、週刊誌の特集記事が組まれたのだ。そこで、かつて新人類と呼ばれた私が対談相手に指名された次第である。

——本日は新旧の新人類の旗手が初対面されたわけですが……と年配の週刊誌記者が薄笑いを浮かべ、切り出した。

午後のホテルのティールームだ。

遅れて現れた富市は、挨拶もなしで、いきなり注文したイチゴのショートケーキにパクついた。べったりと口の端に生クリームをくっつけたまま、ちらりとこちらを見る。

「あっ、ごめんなさい、ボク、ケーキに目がないんですぅ〜。ケーキを前にすると、わわわって意識がトンでしまって〜」

かっくん、ときた。

こいつは本物の新人類だな。

「いやあ、だけど中野さんがお若い頃って、今のボクらみたいに……ほら、失われたン十年？　デフレ社会？　牛丼とユニクロとスマホでオールオッケー？　みたくショボい感じじゃ全然なくって〜、いわゆる、あのー、バブリー？　ゴージャス？　ですか？　うん、うん、もっともっと、なんか、こう、どっかーん！　とド派手な世界だったんっすよね」

富市はまったく気取りなくまくしたてる。無防備な青年だな、と意外にも私は好感を持った。

「いやいや、若い頃の私らなんてさ、全然ショボかったですよ。今の富市くんみたいに頭もよくなかったし、スマートでもないし、戦略もなかったしね。時代というより、器が違うんじゃないかな。だって、あなたは総理大臣の奥さんともお友達なんでしょ？」

「う〜ん、いやあ、友達になったのが、たまたま総理の奥さんだった？　だけっすけどね〜」

皮肉なギャグか？　と笑ったら、キョトンとした顔をしている。それから、また平然とケーキにパクついた。

これは敵《かな》わないなあ。

「ところで、富市くんは何年生まれ？」

「あ、ボク？　えーっと、一九八五年生まれです」

えっ、そうか、そうだったのか。
一九八五年——。

一九八五年、私は二十五歳だった。

「君たちは、新人類だ！」

いきなりそう言われて、のけぞった。

築地にある大手新聞社の会議室でのこと。目の前には、おっさん編集者らがずらりと並んでいる。ひと廻り年上の、いわゆる全共闘世代バリバリの連中だ。

件の新聞社が発行する週刊誌は、六〇年代の若者たちに熱烈に読まれた。〈右手にジャーナル、左手にマガジン〉とも呼ばれた「夕日ジャーナル」である。

七〇年代に入って、政治の季節が終わり、同誌の部数が激減した。八四年、誌面の大幅リニューアルに踏み切る。

政治からカルチャーへ……いや、八〇年代の「軽チャー」路線へと急転向した。

私は下っ端のフリーライターだ。隣の席でぽかんとする一歳下の野々宮広文も同様である。編集部で私たちは「コドモ」と呼ばれていた。

「おーい、そこのコドモ、このページあいたから、なんか適当に埋めとけよ」

全共闘世代系のおっさんデスクらにぞんざいに命令されて、走り廻っていた。

それが急に「あのー、コドモ……いや、コドモさんたち、ちょっと会議室に来てください」と喚《よ》ばれたのだ。

「で、何？　おまえ……いや、君……いやいや、あなたたちは、いったい何、考えてるわけ？」

ずらりと並んだおっさん編集者らを前に、尋問を受けるハメに陥った。

なんだか、わけがわからない。

それでも、好きな音楽とかマンガとかテレビ番組とか、最近の世相をどう思う？　政治に関心はあるか？　恋人とかいるの？　などなど、問われるままに答えた。そのつど書記係の男性が忙しくメモしている。

野々宮広文は分厚いレンズの黒ぶちメガネをかけた理知的な風貌で、コンピューターゲーム雑誌のエディターでもあった。

「えーっと、近頃のゲームキッズはですねえ……」と野々宮が言うと、おっさんデスクの目がきらりと光った。「ゲ、ゲームキッズ？」と濃い眉をひくひくさせて、しきりと周りに目配せしている。

「その、その、ゲームキッズとやらのこと、ぜひ、くわしく教えてくれないか、野々宮クン！」

野々宮がペラペラとしゃべり続ける。

書記係は必死でペンを走らせた。

「で、えー、中野クンだっけ？　たしか君は、アイドルにくわしかった……よね？」と、おっさんデスクは気色悪い猫なで声で問いかけてくる。ふだんの「おーい、コドモ！」と呼びつける乱暴な調子とはまるっきり別人だ。

「ええ、八〇年代に入ってから、アイドルは……」と私もまたペラペラとしゃべる。

しゃべって、しゃべって、しゃべり続けた。三時間ほどもしゃべったろうか、しゃべり疲れて、さすがにもうこれ以上は何も出なくなったかと思われた頃、ホッとため息がもれた。おっさんデスクが濃い眉をひくひくさせ、ニヤリと笑い、こちらを指さして宣告したのだ。そう……。

「君たちは、新人類だ！」と。


「いや〜、参ったよな、野々宮」

「ああ、中野くん、あのおっさんら、どっかおかしいんじゃねえの？」

まだ都営大江戸線も走っていない時代だ。築地から、私たちは日比谷線の東銀座駅までダベりながら歩いた。

「はっ、シンジンルイ？　新人類だとよ！　新人類特集をやるってんで、俺らがそのサンプルってわけかあ」

「なあ、中野くんさあ、いっそもっともっとメチャメチャな、わけわかんないこといっぱい言ったほうがよかったんじゃないかな。ほら、パピポペプポパッパラパッパ〜……とかさ、新人類っぽくさあ」

「ははは、そりゃいいや、プポピップポッパラホロヒレハラ〜」

「ブッホハラホロパラパラポッピブ〜」

「ポッピブ〜？　パピポパラ……ダメだ、やめてくれ、おかしすぎて、おなか痛《いて》え」

築地本願寺の異国的な建物をぼんやりながめながら、私たちは笑い続けた。

一九八五年は、まだ始まったばかりだ。


「夕日ジャーナル」の新編集長は筑井哲夫だった。新聞社のスター記者だ。甘いルックスで見映えがよく、ジャーナリスト志望の学生らにも人気がある。

後にニュースキャスターへと華麗なる転身を遂げ、国民的な有名文化人ともなった。その足掛かりを「夕日ジャーナル」の編集長時代に築いたとも言える。

旧左翼的な政治性をばっさり斬り捨て、ポップで軽やかなカルチャー路線へと筑井ジャーナルは急転向した。

その目玉企画が〈若者世代の神々〉である。

当時の若者たちに支持されるカリスマを、筑井がインタビューして斬り込む。芸能雑誌さながらの派手なグラビアページは目をひいた。

コピーライターやテクノミュージシャン、漫才ブームの主役にエッセイスト、ポストモダン作家など、新種の文化人らが続々と登場する。

このページに喚ばれなければ、カリスマと認定されない。筑井はいわば時代のキングメーカーの地位についたのだ。

〝神々〟は総じて三十代後半の団塊の世代で、学生運動の経験者も多い。まさに六〇年代の左翼から、八〇年代の軽チャー路線へと転身する、筑井ジャーナルを体現するカリスマたちでもあった。

「おーい、コドモ、このページあいたから、適当に埋めとけよ！」

また声がかかった。

宮武外骨は明治時代の戯作者で、反骨のジャーナリストだ。「滑稽新聞」と題するパロディ新聞で権力をからかった。その現代版を作ろうという特集企画で、依頼されたエッセイストがトンズラしたという。代打で廻ってきたコドモライターの私は、締め切りギリギリ、一晩でパロディ記事をでっち上げた。

〈神々製造業者、御用ッ！〉

【築地】三十日午後、築地署は住所不定無職、筑井ケツオ（四九）を、神物取締法違反の疑いで緊急逮捕した。調べによると筑井は、昨年四月頃から、近所のゴミ処理場からひろってきた棒きれ、空き缶、生ゴミ、猫の死体などを（若者世代の）〝神々〟と称して許可なく不法に売りさばいていたというもの……。

（顔写真は、逮捕された筑井容疑者）


「おい、コドモ、大変だ！」

濃い眉のデスク編集者が、慌てて私を会議室へと呼び出した。

「筑井編集長がな、おまえさんのあの記事、読んで、もうカンカンなんだよ」

真っ青な顔をしている。

「なんで、あんな記事、書くんだよ！」

えっ！　私の原稿を読んで、濃い眉をひくひくさせ大ウケしていたのは、当のデスク編集者だったはずだ。呆れてもう言葉が出てこない。

「まあ、あの筑井のオヤジもなあ、ふだんはゲラなんてろくに読みゃしねえのに、なんでこういう時だけ、勘づきやがるんだよ」

ちっ、とデスクは舌を打った。

「おまえさんの原稿、危うく没にされそうでな。でさ、俺も戦ったよ。いくらコドモライターの原稿だからって、天下の『夕日ジャーナル』が表現の自由を規制するんですかって！　ああ、言ってやったさ。そしたら、筑井のオヤジ、頼むから〝ケツオ〟だけは勘弁してくれって泣きつきやがった。な、こらえてくれよ、コドモ。俺は、おまえを全力で守ろうとしたんだから。〝ケツオ〟を〝ケチオ〟に変えてくれ、いいだろ、なっ、なっ」

私に思想などなかった。戦略も野望もありはしない。ただ、来た球を打つだけだ。

フリーライターを名乗っていたが、貧乏だった。三鷹の風呂なしアパートにずっと住んでいる。食っていくのがやっとだ。それでも、なぜか楽天的だった。ま、なんとかなるさ、ともらった仕事を選ばず、断らず、なんでもやった。やり続けた。

十五歳で上京して、学校をさぼってばかりいた。名画座で映画を観たり、街をふらふらしたりしていて、高校を中退した。その後、ずっとバイト暮らしで生きている。いつしかフリーライターになっていた。先のことなんか何も考えなかった。

野々宮広文は、たまたま同じ雑誌で連載していた。歳も近いし、一度、会って話してみたいという。南青山の輸入レコード屋で落ち合って、近場のカフェへと入った。

それから二人は、しゃべった、しゃべった、無我夢中で。コーヒーが冷めるのも気にせず、ひたすらしゃべり続けた。

「お客さん、もう閉店です」と言われ、ハッと時計を見ると、なんと五時間も過ぎている。

翌日の夜、野々宮から電話があった。

「中野くん、楽しかったね。でも俺、あの後、熱を出して寝込んじゃったよ」

ははは、と笑って、私たちはその後、また朝までしゃべり続けた。

そういう夜が幾晩も続いた。


「中野くんや野々宮くんみたいな、活きのいい若手ライターが出てくるのを、待ってたんだよ」

目の前の編集者が言った。私たちよりわずかに年上だ。文芸誌の部署にいるという。

「いや～、大作家センセーの担当にゃ、もう疲れ果てましたよ。なんとか上をダマくらかしてページを分捕《ぶんど》って、月に一度、君らと遊びたい」

月イチ連載で、私と野々宮の対談企画が始まった。

土曜深夜の生番組、女子大生が司会の『オールナイトフジ』は面白いね、今度、スタジオへ見学に行こうか？　構成作家の脇元？　って、まだ若いんでしょ。ビートたけしの『元気が出るテレビ!!』の制作スタッフの伊藤？　ってのも、なんかメチャメチャな人らしいよ……。

脇元泰はまだ深夜番組の構成作家で、テリー伊藤は制作会社のスタッフだった。

「じゃあ、ワキモト？　イトウ？　アイツら、俺らの対談ページに喚んでやろうか」

まあ、生意気だった。恐いもの知らずだ。

赤坂のテレビ局のそばの喫茶店で、脇元泰は待っていた。ウォークマンのヘッドフォンをつけて、片足でリズムを取り、テーブルに広げたノートにペンを走らせている。

「あ、ごめん」と私たちに気づいて、ヘッドフォンをはずした。どうやら作詞の仕事をしていたらしい。

「へぇ、ここで執筆されるんですか」

「いかにも場末っぽい喫茶店でしょ？　よくこんなお店、都心にあったなあ、みたいな。こういうとこじゃないと仕事がはかどらないのよ」と脇元は笑った。

縁なしメガネをかけ小太りで、なんだか予備校の古文講師のような地味な風貌をしていたが、話し始めると、きらりと鋭い言葉を連発する。

「今、脇元さんがやられているお仕事が、面白くて……」と野々宮が、深夜番組の名前を次々と挙げた。

「へえ、構成のテロップを見てくれているんだね。君らみたいなマニアックな若い人たちがいるんだよなあ」

「やっぱ、テレビは深夜が面白いですよね。解放区っていうか、大人が寝ている隙に、ガキ連中がこっそり悪さをする世界で」

ふふふ、と脇元は笑みを浮かべる。

時代は深夜と女子大生だよなあ、と誰かがもらすと、脇元は言った。

「春から夕方、毎日、女子高生の番組が始まるよ」

フジテレビで『夕やけニャンニャン』が始まった。おニャン子クラブという女子高生アイドルたちが『セーラー服を脱がさないで』を唄い、踊る。司会の、とんねるずが「俺たちゃ高卒だ」

「母子家庭だ」とわめき立て、「〽イッキ！　イッキ！」と『一気！』という曲でヒットチャートに躍り出た。深夜から夕方へ、女子大生から女子高生へ、漫才ブームの主役から、とんねるずへ……イッキ！　イッキ！　と新卒社員らがブームのチューハイ・ジョッキを何杯も空けた。

明らかに時代の気配が変わっている。

一九八〇年代は急カーブを曲がろうとしていた。

「中野くん、君に電話」

「夕日ジャーナル」の編集部だった。

はい？　と受話器を取ると、若い男の声で何かわめいている。異様なテンションだ。どうやら私が書いた記事に対する意見のようだった。

〈一九六〇年代生まれの二十代、新人類が世界を変える!!〉

たしかそんな記事をでっち上げた気がする。

電話の声は、抗議ではなかった。感動している、と言う。ともかく今すぐ、会いたい！　と叫んでいた。

渋谷のコジャレた洋風居酒屋へと駆けつける。若くて、我ながらフットワークだけはよかった。

電話の声は、異様に切迫して聞こえたのだ。

「新人類に乾杯！」

先に来ていた男は、チューハイ・ジョッキを高々と掲げた。

すらりとしたイケメンで、ブランド物のシャツを着ていた。ホスト風の前髪が揺れている。名刺を見ると、著名なテレビ番組制作会社の社員だ。私より一歳下だという。

「そう、一九六〇年代生まれの時代が来た！　あの記事には感動したよ。すぐにピンときた、ああ、時代が俺を呼んでるんだなって。ああ、ああ、そうさ、俺たちでいっちょうやったろうじゃないか、なあ、中野ちゃん！」

最初から「ちゃん」づけだ。

「こないだ、青山のキラー通りで見たのよ」

えっ？

「揺らぎをはらんだアンタンシテが超高速旋回しながら、かっ飛ばしてゆくのをさ」

えっ？　えっ？

「わかるだろ、資本主義が自身のスピードを加速させてんのよ。速い資本主義だ！　なっ、霞町のクリティカルなハウスマヌカンだって、ステディの彼氏とぺろぺろちゃん、ぐりぐりちゃんしてる間に、気づいてるぜ。〈差異〉を解放しなくちゃ。なっ、そうだろ、今すぐ、俺たち新人類がさ……」

えっ？　えっ？　えっ？

井口健介は彗星のように現れた。

そうとしか言いようがない。私はこれまで、こんな人物には会ったことがなかった。猛烈な速度でマシンガンのようにしゃべるのだが、何を言ってるのか、さっぱりわからない。それでいて面白い。わくわくする。

なんだかわかんないけど、こいつは、すごい！

そう思わせ、圧倒させる、強烈なパワーやオーラが全身から満ちあふれていた。

すぐに私は野々宮を呼び出した。

三人でしゃべりまくり、結局、その店で呑み明かす。

居酒屋の壁には、貼り紙が揺れていた。

〈へ〜イッキ！　イッキ！　チューハイ・パワーでぶっ飛ばせ。一九八五年春、新卒・新人類、大歓迎！　キミたちの時代が来た!!〉

新聞社の旗を立てた黒塗りの車が、アパートの前に止まっていた。白い手袋の運転手が後部座席のドアを開け、「どうぞ」と招き入れてくれる。

マジか！　と思った。

「とうとう、やったな、コドモ」

助手席の濃い眉のデスク編集者が、苦々しい声で言った。

〈若者世代の神々〉の連載が終わって、〈新人類のリーダーたち〉が始まった。

「夕日ジャーナル」の編集部では、猛反対の声も多かったという。

そんな正体不明の若造どもを持ち上げて、どうするんだ、と。しかも、その初っぱなに編集部の最下層でわさわさ下働きしていたコドモライターを引っ張り出すとは。

「いや、世間はもう新人類ブームだ。おニャン子とか、とんねるとかなんとか、派手にやっとるじゃないか。若者に期待しよう！」

筑井編集長の一喝で新連載が決まった。

そうして、すぐに私が登場することになったのだ。

「あっ、すんません、そこで車を止めてくれますか？」

道端で手を振っていた、ミニスカートの髪の長い女子が後部ドアを開いて、乗り込んできた。

「わっ、アッキー、ホントだったんだあ」

すぐに腕をからめてくる。

ガールフレンドの美大生だった。ジャーナル誌の新連載に出ることになってさあ、明日、グラビア撮影なんだよ……と言うと、えっ、マジ？　絶対ついてく！　と言う。

「へぇ、取材にガールフレンドがついてくんのか、こりゃ筑井のオヤジも顔負けやなあ、さっすが新人類！」

デスクは濃い眉をひくひくさせ、苦笑した。

後続のワゴン車から出てきたカメラマンに、行く先々で写真を撮られる。

神宮前にできたばかりのアイスクリーム屋でアイスをなめさせられ、六本木WAVEの前で難解本を片手にポーズを取らされた。ガールフレンドの美大生は、黒塗りの車のボンネットに立つ新聞社の社旗を手に、記念写真を撮っている。

撮影スタジオに到着すると、おニャン子もどきの女子高生モデルらがセーラー服姿でずらりとそろっていた。できればロックスターみたいな感じで……と注文したのが、大失敗だった。忌野清志郎まがいの奇っ怪なメイクを塗られ、ピエロみたいなハデハデな衣裳で女子高生軍団に抱きつかれた。

ポラロイド写真を見て、わっ、これが新人類か⁉　と絶句する。こんなのが雑誌に載ったら、大変だ、田舎のオフクロは卒倒するんじゃないか！

でも、ま、しゃーない、ああ、なんでもいっか、とあきらめた。

それから編集長によるインタビュー取材である。

化粧の濃い女性スタッフと寄り添う筑井哲夫編集長と、エレベーターで乗り合わせた。英語混じりの早口で何やら報告する女性スタッフに「ン、フー、ン、フー」と筑井はガイジンもどきの相づちを打っていた。

談話室のソファに腰掛け、対面すると、いきなり握手を求めてくる。

「いや～、新人類の諸君は、ご活躍だそうじゃないの」

なんだか俳優みたいな人だな、と思った。セリフを読んでいるようだ。

筑井は男性用香水の匂いをプンとさせ、金のベルトの高級腕時計をはめている。光のあたる角度によって色が変わる、奇妙な素材のスーツを着ていて、仰天した。

このオヤジこそ新人類だよ！　と思った。

トンチンカンな応対で、まったく話が嚙み合わない。

中野秋夫という名前を「明菜くん」、私のミニコミ「東京はてなクラブ」を「東京ナイトクラブ」と筑井は何度も間違えた。えっ、冗談か？　と思って、そのつど笑いながら訂正したが、キョトンとした顔をしている。こりゃ参ったな。

やむなく、私は冗談に終始して受け流した。

筑井＝「あなたみたいにさ、最近の若者たちは喫茶店とかで冗談ばかり言ってるでしょう。彼らが自分の部屋に帰って、一人になった時、いや〜、いったいどうしているんだろうね」

中野＝「冗談のネタを考えてるんじゃないですか（笑）」

こんな調子である。

一時間ほどの対話が終わった。筑井は「ああ、いい話だった」とさわやかに笑い、また握手を求めてくる。

「じゃあ、明菜くん、『東京ナイトクラブ』、がんばって！」

かっくん、ときた。

どうせ新人類なんて新しくできたアイスクリーム屋のアイスみたいなもんだ。世間に珍しがられ、ナメられ、すぐに溶けて、パッと消えるだろう。ほんの一瞬、甘いだけさ。そんなふうに高をくって、うそぶいていた。

ちょうどその年に生まれた赤ん坊が、三十年後、こう書くことになる。

> 一九八〇年代の新人類は、踊っているつもりで、踊らされていた。大人を手玉に取っているようで、手玉に取られていた。笑っているつもりで、実は、笑われていた。
>
> そう、いつの時代でも、それが「若さ」というものだ。
>
> （富市充寿『笑う若者論』）

「いいなあ、中野ちゃん、あのページに出たら、もう正式な新人類だぜ！」

井口健介は言った。

「村上龍とか村上春樹とかが取った『群像』新人賞ってあるじゃん。なっ、西麻布のカフェバーじゃ、新人類の称号は、『群像』新人賞なみの権利があるって言うしさ」

「なんだよ、権利って！」

野々宮広文が呆れて、突っ込んだ。

赤坂プリンスホテルのティールームである。私たち三人は急遽、呼び出されたのだ。

呼び出したのは、高野龍寛である。

フランス現代思想をはじめ難解本で知られる〝伝説の編集者〟と称されていた。ニューアカデミズム・ブームの真の仕掛人とも。

ただ、顔はまったく知られていない。マスメディアの取材を受けず、表舞台に出ず、神秘のベールに包まれていた。

「どんな人が来るんだろうね？」

「〝松岡正剛の本物〟みたいな人、って噂だよ」

「何それ？　色白でやせぎすの肺病持ちとか？」

スリーピースに身を包んだ、壮健な色黒の中年男が現れた。アタッシェケースを片手に、まるでヤリ手の中古車ディーラーのようだ。北大路欣也を彷彿《ほうふつ》させるどんぐり眼《まなこ》をウルウルさせ
「高野龍寛です」とやけに芝居がかった口調で言う。えっ、こんな人だったのか⁉

青白い助手のような男を従えていた。

「ところで、中野先生、野々宮先生、井口先生、まず一つお訊きしたい……あのー、ノリって何でしょうか？」

えっ？　えっ？

「えー、ノリ、ノリ……たとえば、音楽にはタテノリってのがありまして」と野々宮は即座に適当なことを言う。

「タテノリ？」と高野のどんぐり眼がギラリと光った。慌てて取り出した手帳にしきりと何かメモしている。

これは弱ったな。

高野龍寛はそそくさとティールームを去り、我々は青白い助手編集者の話を聞く。

週刊ブックスという、週に一度、刊行される安手のザラ紙本があった。予定されていた著者が逃亡して、ラインナップに穴があく。助けてください！　と泣きつかれたのだ。

締め切りは？　なんと三日後だという。

これから二泊三日で本を作る、ついては三人の鼎談集にしたい、と。

いいのかね、こんなんで、本出して。「最初の単行本は絶対に大事にしろ」と年長編集者に口酸っぱく言われていたが……。

「やろう、やろう！」と井口は大乗り気だ。

ああ、しゃーない、もう、やるっきゃないか。

すぐに私たちは赤プリのスイートルームへと押し込まれた。軟禁状態だ。三日間、一歩も外へと出られない。眠る時間もない。タコ部屋ならぬ、タコスイートルームである。

しゃべった、しゃべった。しゃべっては、テープ起こしが届き、文章を直し、しゃべっては、テープ起こしが届き、文章を直す……延々とその繰り返しだ。

結局、一睡もできなかった。真夜中の午前二時にルームサービスが届いて、ミッドナイトスペ

シャルと称する、おむすび二ケで、なんと二千円也⁉

ずっと寝ないでしゃべりまくり続けたら、疲れを通り越して、突然、ハイになる。野々宮も私も目をらんらんとさせ、井口のトバし具合がハンパない。テープ起こしを読んだら、何を言ってるやらさっぱりわからない。ただ、異様なテンションだけは伝わってくる。大丈夫か？　これってホント、本になるのか？

ふらふらになってソファに倒れ込む我々のところへ、青白い助手編集者が来て「高野龍寛から伝言があります」と言う。

「……若者たちは、元気かね？　とのことです」

ははは、なはは、と倒れたまま、力なく笑い続けた。

ゼロ泊三日が過ぎて、本のゲラを読み直し、さすがにこれはひどい！　何か一つでもテーマはないのか？　そもそも本のタイトルはどうするの？　と青ざめる。

「小泉今日子だ！」

誰かが言った。

デビュー三年目の人気アイドルだが、髪を切って、キョンキョンと呼ばれ、明らかに何かを吹っきった。

一九八五年の小泉今日子は輝いていた。

それだ！　そうしよう！　私たちもまた無名の若者から卒業して、小泉今日子をめざそう。

『卒業宣言／キョンキョンに向かって』と題する本は、一週間後に出版された。

新人類三人組はこうしてデビューした。

デビュー？　本の扉の写真が三人組アイドルのようによく写っていて、さながら新人芸能人のような扱いだ。

さっそくオファーが来た。なんとテレビドラマの出演依頼で、とんねるずと共演する。『ブリリアント・ブルー』という深夜ドラマだ。天井にプロペラが廻っている薄暗いカフェバーで、三人がテーブルに座ると〈新人類〉のテロップが出た。

脚本は脇元泰。台本をめくると……。

〈ここから新人類の皆さん、テキトーによろしく。この番組の悪口など、なんでもドーゾ……〉

あとは真っ白だった。

「いや〜、とんねるずもこんなドラマに出てちゃいけないよなあ」

「深夜番組の内輪ウケもマンネリでしょ」

「ああ、それそれ、ホント飽き飽きだよね〜」

言いたい放題だ。

隣のテーブルの川上麻衣子と可愛かずみが「何、この人たち？」と呆れ顔で、ぽかんと見ていた。

夏が過ぎて、秋が来た。ニューヨークのホテルでは世界各国の偉いさんたちが集い、話し合ったという。プラザ合意？　だそうな。後に我が国を狂騒させる〝バブル景気〟のきっかけになるなんて、その時はまったく知らない。

大阪空港の売店で私はTシャツを買った。

〈阪神、優勝！〉の大見出しのスポーツ新聞一面がプリントされ、〈どや、ナニワの最低球団タイガースが日本一やで‼〉の殴り書き文字が躍っている。

私は日本中を飛び廻っていた。新人類の旗手として、講演にイベント、テレビやラジオや学園祭のゲスト出演などで大忙しである。

関西の女子大の学園祭へ行くと〈ようこそ、新人類♡〉という大きなハート形のパネルに出迎えられ、わっと女子大生に取り囲まれた。

イベント終了後の打ち上げで、両脇に座った女子たちは、やたらと私の体を触りまくり、「変やなあ」と言う。

えっ？

「新人類いうから、どっか普通の人間とカラダの作りが違うもんやと思とったのに」

「そやそや、なあ、なんや普通やん」

関西ギャグか？　と笑ったが、女子たちはマジ顔だ。

新人類は、新・人類＝新しい人類ではなく、新人・類＝新人の類《たぐい》なんですよ、と私は言い訳をした。

〈ここでは誰もが新人類!!〉

東武動物公園の広告コピーである。

どうやら私たち新人類は、珍しい動物のようだった。


「新人類の諸君と呑みたくてね」

数歳上の雑誌編集者に誘われ、三人組は焼肉屋で乾杯した。生ビールやマッコリをしこたま呑み、肉をバクバク食らい、談笑する。

「全共闘世代について、どう思う？　批判でも、悪口でもなんでもいいから、思いっきりしゃべってくださいよ」

酔いが廻って、好き放題にしゃべった。なんと、それがこっそりと録音されていたのだ。

〈新人類三人組が全共闘世代に宣戦布告!!〉なる記事が出る。怒って抗議したら「大丈夫、責任は俺が取るから」と編集者はうそぶいた。ええっ、いったいどうやって責任を取るんだよっ！

記事を読んで激怒した全共闘世代の業界オヤジに呼び出された。「ふざけんなっ！　これからおまえら新人類の割礼の儀式だ!!」と怒鳴られ、新宿ゴールデン街の呑み屋を何軒も引き廻され、からまれ、さらし者にされた。

「おーい、こいつが新人類の中野秋夫だ、よろしくな。ほら、中野、挨拶しろっ！　おまえの前にいる彼氏が、ピース缶爆弾事件の犯人だよ」

売れっ子になって、怪しげな人たちがいっぱい寄ってきた。それでも出版関係者らは、まだマシだ。テレビの連中はもっとひどい。

〈新人類の主張〉と題して三人組に思いっきりしゃべらせてくれるという。テレビ局のスタジオに入って、三時間はしゃべりまくったろうか。放送された番組を観たら、早送りで三十秒に編集され、〈新人類――何を言ってるやら意味不明⁉〉のテロップが出た。

「新人類の皆さんにゴチソウしたい」とスーパープロデューサーを名乗る男から、いきなり電話がかかってくる。なぜに？　と首をひねっていたら、そのライバルと言われるウルトラプロデューサーから、すぐにまた電話があった。

「あ〜、もう、アイツから電話いっとるんや〜。そのハナシ、絶対ノッたらアカンよ〜。食事の席にな、芸能界のドンと言われるプロダクションの社長が来ることになっとるんや」

えっ、そんな話は聞いていないい。

「あのスーパープロデューサーの愛人の女と、新人類三人組がグループを組まされてな〜、ひとまとめでタレントとして、芸能プロダクションに売り飛ばされるいうハナシやでえ」

そ、そんな……。

「あんたらな、ドンのメシ食うたら、もう、絶対に逃げられへんよ～」

ふるえ上がった。


「君たちのことが、見ていられなくなってね」

目の前の紳士が言った。ロマンスグレーの頭髪で柔和な笑み、きっちりとしたネクタイとスーツ姿だ。これまで会ったテレビ関係者らとは、まったく雰囲気が違う。名刺を見ると、局の偉いさんだった。

隣席では、薄い色のサングラスをかけ、ひげづらで、黒いタートルネックのセーターを着たプロデューサーが、しっかりとうなずいている。

西麻布の薄暗い隠れ家バーだ。環境音楽が低く流れ、お香の匂いが立ち込めている。

野々宮と私は呼び出された。

「このままじゃ、大人たちにいいように踊らされてるだけでしょう。君たち新人類は、実は、もっともっと大きな可能性がある――私はずっとそう思っていました。なあ、坂井」

「ええ、私ら全共闘世代の連中なんぞより、新人類は、はるかに時代と真剣に向き合っている。そう、闘っていますよ」

坂井プロデューサーは、落ち着いたシブい声で、そう断言した。

「どうだろう、そろそろ君たちの本当にやりたいことを、やってみては。それを、私たちにお手伝いさせてもらえないかな」

新人類が企画・制作に参加して、メインでテレビの特番を作りたい、というのだ。

ああ、やっとまともな大人に会えた——と野々宮と私は喜んだ。

井口健介は会社の仕事で同席していない。彼が話すと、場がしっちゃかめっちゃかになりかねなかった。が、井口もきっと喜んでくれるだろう。

この仕事は私たちの大きな転換点になる！

心躍らせ、野々宮と私は弾んだ調子で話し続けた。

ところが……。

「中野くん、大変だよ！」

しばらくして野々宮から電話があった。

「例の新人類のテレビ特番の話、とんでもないことになってるぜ」

局の関係者から聞いたという。

「君たち、年明けから、バラエティー番組をやるんだって？」と。何のことやらわからない。

『㊙人類バラエティー・ショー』という深夜番組の企画書が出廻っている。野々宮は、それを見せられたという。

〈新人類はもう古い、㊙人類の時代だ!!〉

司会の欄に私たち三人組の名前が記されている。お笑い芸人らとのコント合戦、セクシーギャルとのお色気対決、街で仮装してドッキリ体験……など既に数回分が企画されていた。制作の欄には、なんと坂井プロデューサーの名前がある。

絶句した。そんな話は、まったく聞かされていない。

「実はさ、井口はもう、彼らと一緒にロケハンをやってるっていうんだよ」

頭をガツンと殴られたようだった。

そんなバカな！

いや、井口が悪いわけじゃない。きちんと彼とコンセンサスを取っていない、私たちが甘かったのだ。

急遽、例の薄暗い隠れ家バーへ偉いさんと坂井プロデューサーを呼び出した。

気のやさしい野々宮は、口ごもっていて、なかなか話を切り出せない。

「ひどいじゃないですか！」

やむなく私が抗議した。

偉いさんは渋面で黙っている。

坂井プロデューサーは、最初、何やら言い訳を連ねていたが、私に「ダマす気だったんですか！」と突っ込まれると、気色ばんだ。

「何をっ」とうなり声を上げた。

「そんなこと言うんなら、俺はな……」とサングラスをはずす。

異様に血走った目をむき、すさまじい形相で、こちらをにらみつけ、ぬっと身を乗り出してきた。

殴られる！　と私はとっさに身構える。

「俺はな……俺はな……泣いちゃうよ～」

目からドッと涙がこぼれ、ひげづらのプロデューサーはオンオンと泣き出した。

ああ、これはもうダメだ……。


こうして一九八五年は終わった。

私たち新人類トリオは解散することになった。この年を最後に〝新人類〟がらみの仕事は、すべて断る。

翌年、〝新人類〟は流行語大賞に選ばれた。授賞式に出席したのは？　なんと清原和博ら西武ライオンズの新人選手たちだった。

その後、私たち三人が会うことは、もうない。

野々宮広文は大学の教員となった。今では、私大の准教授の地位にあるという。

井口健介はCSの多チャンネル放送局に入った。ワールド・サッカー担当のプロデューサーとして世界中を飛び廻っているとも聞く。

もともと実力のあった彼らのことだ。あの一年間の〝新人類〟体験なぞ、それこそ若気の至り、青春の思い出の笑い話にすぎないだろう。

私だけがいまだ出版界の片隅にいて、しこしことこうして文章を書き、なんとか生きている。還暦も近い。たまに年配の相手に名刺を渡すと、「ああ、新人類の……」と懐かしそうに、薄笑いを浮かべられる。そんなもんだ。

ああ、そうだった。

もう一つ、大事なことを書いておかなければならない。

一九八五年の暮れ、私たち三人は集って、最後の仕事をした。

〈新人類トリオの解散宣言！〉と題して、月刊グラビア雑誌で記事が組まれたのだ。

六本木の撮影スタジオだった。

三人は似合わないタキシードを着て、著名なカメラマンの前で、撮影の瞬間を待っていた。

メイクルームの扉が開いて、一人の女の子が出てくる。

小泉今日子だった。

なんと、ゲストとしてキョンキョンが登場してくれたのだ。

新人類トリオは、プリンセス小泉今日子にプロポーズして、あえなくふられ、ノックダウンする――という筋書である。

目の前に現れた、実物の小泉今日子は輝いていた。まぶしかった。十九歳だ。『なんてったってアイドル』を唄っていた。トップアイドルである。私たちのようなフェイクではない。

本当の、本物の、時代の輝きだ。

今にして思う。あのフォトセッションの筋書は、あまりにも象徴的だった。

そう、結局、私たち新人類は、時代にふ・ら・れ・たのだ。

踊ってるつもりで、見事に、踊らされていた。完全に消費された。何も残らない。使い捨てられ、パッと消えるだけ。笑い者のピエロだった。本当にバカみたいだ。

ああ、それでも……。

「新人類の皆さん、フロアにうつ伏せに倒れて、折り重なってもらおうかあ」

カメラマンの指示に従う。井口が一番下で、その上に野々宮、小柄な私が一番上だ。

「今日子ちゃん、新人類の上に座って〜」

なんと私のお尻の上に、小泉今日子が腰掛けたのだ！

今でも忘れられない。

そう、キョンキョンのお尻の感触。

十九歳の小泉今日子のぬくもり……。

ああ、あのぬくもりがあったからこそ、なんとか生きてこられた。心からそう思う。本当だ。

おかげで、その後、私は三十数年間もアイドルの魅力を語り続けることができたのだろう。

あのぬくもりが……。

ぬくもりは右肩から腕にかけて伝わってくる。

ここは、どこだ？

一九八五年……ではない。小泉今日子……とは違う。富市充寿だった。二十一世紀の新人類の。

えっ、どういうことだろう？

「何を言ってるんですか、中野さん」

私は富市くんの肩に腕を廻して、彼に抱き支えられていたのだ。

「しっかりしてくださいよ」

耳が痛い。エレベーターが急降下する。

「地下の駐車場に車を喚んでありますから、そこまで送っていきます」

ああ、そうか、六本木ヒルズだ。富市くんの誕生パーティーで呑み過ぎた。悪酔いして、めまいがする。気持ち悪い。

「だけど、中野さん、ひどいじゃないですか。スピーチであんなこと言うなんて」

えっ？　何を言ったんだろう。まったく覚えていない。記憶がトンでいる。

「いくら昔、新人類と呼ばれてたからって、もう、時代が違いますよ」

見ると、富市くんの高価なジャケットが無惨に汚れている。私が嘔吐したのが、ひっかかったみたいだ。ああ、なんてこった。それでも時代の寵児が、父親ほど年長の老ライターの醜態を見るに見かねて、こうして抱きかかえ、送ってくれようとしている。恥じ入った。

「ごめん！　ごめんなさい、富市くん。なあ、どっかでさあ、もう一杯、やろうよ。なあ、いいじゃんか。なあ、なあ、新人類どうし、朝まで呑み明かそうよ……」

「いい加減にしてくださいよっ！」

ぴしゃりと言われた。ものすごくしっかりとしている。それは完全に自立し、成熟した男の口調だ。

「ねえ、中野さん」

呆れたように、やさしい声だった。

「いい加減……大人になってくださいよ」

美少女

人生の最高の時、至福の瞬間とは、何だろう?

六十年近く生きてきたけど、思い浮かばない。何かでトップに立った経験がないのだ。勉強にしろ、スポーツにしろ、パッとしなかった。

絶景なんてものも見たことがない。旅行はめんどくさいし、海外へ行ったのもほんのわずかだ。グルメではないし、コレクターでもない。何かを手に入れたいという欲望が、まったくないのである。

お金もないし、家も車も高級なアクセサリーや調度品も持っていない。仕事柄、本はたくさんあるけど、読んだら捨ててしまう。執着がないんだ。文章を書く仕事をずっと続けてきたが、ベストセラーもないし、そういや賞なんてもらったこともないなあ。

「やったー! ヒャッハア~!!」

なあんて叫んで、躍り上がった記憶がない。

宝くじに当たったことがない。ていうか、あ、宝くじを買ったことすらなかった……当たるわきゃないか(笑)。

これが普通の人なら、結婚したとか、子供ができたとか、いうのを特別な瞬間に挙げるのだろうか?

だが、私は結婚したことがないし、子供もいない。ずっと一人暮らしだ。

なんてつまらない人生なんだろう!

愕然とする。

今さらながら、自分の人生の稀薄さ、生活経験の貧弱さに呆然としてしまう。

もし、生まれる時代が違っていたら？

戦時下に生きて、兵士となり、地獄の戦場を生き延びたとか、団塊の世代に生まれ、全共闘運動に参加し、機動隊に頭を割られ血を流したとか……そんな武勇伝の一つも語れたかもしれないが。

いや～、御免こうむりたい。武勇伝を語るために生まれてきたわけじゃあるまいし。

何かないかなあ、こう、パッとしたことが、一つぐらいは。

コーヒーを飲みながら、ぼんやりと考えていた。そしたら、いくつかの記憶の断片や、懐かしい風景が浮かび上がってくる。

ああ、そうか、あれは……。


二十五歳の時だった。ひょんなことから私は〝新人類の旗手〟と呼ばれ、いささかの脚光を浴びた。テレビに出まくった。寝ないで仕事しまくって、倒れた。

神田の安ホテルへと逃亡し、ぼーっと半年間を過ごす。貯金がつきて、中野のはずれのボロアパートに引っ越した。風呂もないし、壁も薄い。四畳半だ。

それでも私を見捨てず、仕事をくれる編集者がいた。月にいくつかの原稿を書き、わずかなギヤラをもらう。かつかつで食っていた。

中野駅から歩いて五分、線路沿いの近くに古い木造建ての図書館があった。朝早くに行って、席を確保し、借り出した本を読んだり、原稿を書いたりする。

帰りがけ、近場の公園に寄り、ベンチに腰掛けて、缶コーヒーを飲んだ。いつも誰もいない。がらんとしている。風が木の葉を揺らす。ひそかに私は〝風の公園〟と名づけた。

夕刻、一人、風の公園で音楽を聴いた。まだテープ式の頃のウォークマンで、初期のビートルズを。演奏は軽快で、ジョンもポールも声が若い。アイ・ワント・トゥ・ホールド・ユア・ハンド……って、「抱きしめたい」じゃなくって、「手をつなぎたい」じゃんか、ウブやなあ、英国のカブトムシ青年たちも。

アーリー・ビートルズの歌声には〝未来〟の響きがあった。けれど、二十六歳の私には〝未来〟が見えない。まったく。夕暮れの公園で一人、ため息をついた。

ああ、いったい俺、これからどうすればいいんだろう……。

中野の書店で雑誌を手に取り、めくった。はっとする。

美しい女の子だった。グラビア頁で蝶を口にくわえ、じっとこちらを見ている。大きな瞳で、長いまつ毛、異国風な気配、どこか東洋の若い王女のような風情があった。

〈虫っ！　だーいっキライッ！　キライ、ムシ。ゼンゼンムシムシ、カタツムリ〜♪〉

添えられた彼女の発言に吹き出した。

〈野口久美子、十二歳〉だという。ああ、まだ子供なんだな。

稀《まれ》な美しさを持つその顔から、破天荒な子供の言葉が飛び出してくる。鮮烈だ。いっぺんに私は魅了されてしまった。

雑誌を買って、中野駅から地下鉄東西線に乗り、九段下へ。駅のほど近くにそのオフィスはあった。雑居ビルの三階だ。

「おう、なんだ、中野くんか？」

狭いワンルームの奥から声がした。

「ちょっと待っててよ、これ済ませるから」

私は椅子に座って待つ。

雑誌や書籍のデザインをしていた。いわゆるデザイン事務所だ。

国江義雄さんのことを、どう紹介したらいいだろう。肩書はデザイナーだ。昭和二十一年生まれ、当時四十歳。私より一廻り上の団塊の世代である。

小柄で、黒縁メガネをかけて、ちょっとウディ・アレンに似ていた。万年青年のような風貌だ。都立高校で学生運動をやって、大学へは行かなかった。普段は慇懃《いんぎん》で丁寧な口調だが、酒が入ると乱暴になり、延々と武勇伝を語る。

「日本の高校生で初めてジグザグデモをやったのは、俺たちだよ！」

国江さんは組織の指揮官だったという。今では著名人となった同世代の誰彼の名前を挙げて「あいつは下っ端だった」とか「あの野郎は俺が殴った」とか誇らしげに語る。

典型的な全共闘おやじである。

国江さんは私をかわいがってくれた……と言っていいのかな？　まあ、いい話し相手だと思ったんだろう。夜遅くに電話をかけてきて、よく語り明かした。たまに呼び出され、呑んだ。酔いが廻ると「だからダメなんだ、キミたち新人類世代は……」といった調子である。機嫌の悪い時には、一方的にからまれた。

「そんなの『悪霊』にもカラマーゾフにも出てくるだろ、えっ、ドストエフスキーも読んでないの？　だからダメなんだ！　大審問官の場面の問題ってのは……」

私は黙って聞いている。もう、慣れっこになっていた。

「よし、終わった」

デザイン作業を終えると、国江さんは大きく伸びをする。小型の冷蔵庫から缶ビールを取り出して、「ほい」と私にくれ、乾杯した。それから雑談が始まる。酔いが廻って「だからダメなんだ、キミは……」が飛び出したので「あっ、国江さん、ちょっと待って」と制した。

バッグから、さっき買った雑誌を取り出し、見せる。そう、あの美しい少女のページを。

「へえ」と手に取って見ていた国江さんの顔が一瞬、こわばる。目が据わっていた。しばし無言のまま、じっと誌面をにらみすえている。

顔を上げると、険しい表情で言った。

「よし、この娘《こ》について今夜は語り明かそう」

夜も更けていた。

靖国通りを歩いて、神保町交差点へ。当時のあのあたりで深夜に開いている店は、あまりない。大手出版社の真ん前に、朝までやってる中華料理屋が一軒だけあったが、国江さんはその店を嫌っていた。

「最悪にマズいだろ、あそこは。ほら、あの出版社の連中は毎晩、あそこで呑んだり食ったりしてるけどさ、舌がどうかしてるんじゃないか？　だからダメなんだ！　なあ、中野くん、あの出版社の雑誌を見てみろよ、あそこのくそマズい中華料理の味がするだろ」

国江さんは、けっこう〝こだわり〟の人なのだ。

裏通りにあって、洋食も出す隠れ家的な深夜バーへ入る。オムレツを注文して、水割りを呑んだ。

テーブルに雑誌を開いて置き、美少女の顔写真が酒のサカナである。

「中野くん、この娘《こ》の本質がわかるかい？」

ほ、ほんしつ……。

「ああ、そうさ」

国江さんはマジ顔で身を乗り出し、私をにらみつける。

「……実存だよ」

えっ？

「実存……そう、実存主義、ほら、サルトルとかカミュとかの。この野口久美子って娘の目を見てみろよ、実存を感じるじゃないか！　びんびんくるよ……」

国江さんは、うっとりと語り続ける。

「こういう目をした女の子が、かつてはいたんだよ。ドストエフスキーの小説にも出てくる。そう、実存的な少女がさ、あの六〇年代にはいたんだ……ほら、重信房子とか」

シゲノブ……フサコ？

「赤軍派だよ！　重信は今、アラブで闘っている。世界資本主義を相手にさ。この野口久美子の瞳と同じだよ。闘っている、実存さ、重信房子は」

チョッキを着た、はげたマスターが通りすがりに声をかける。

「重信房子さんは、昔、よくこの店にいらっしゃいましたよ！」


国江義雄さんはロリコンだった。若くて美しい女の子が大好きなのだ。その点でも、やはりウディ・アレンに似ている。

ただ、自分がロリコンであることを認めない。絶対に。それで、なぜその少女に魅かれるのかを小難しい理屈をつけて延々と語りまくるのだ。さながら自らに暗示をかけるかのように。

「そうだよ、そうさ、俺は、彼女が単に若くてきれいだから好きなんじゃない。断じて違う。俺の名誉のために言っておく。実存さ、実存なんだよ、実存に決まってる！」

参ったな。めんどくせーな、このおやじ。でも、ま、いっか。

「国江さん、この娘の本を作りましょうよ」

私の言葉に絶句して、握り締めていたクルミを国江さんはバリッと割った。ぎらりと目を光らせ、うなり声を上げた。

国江さんは、なんでも屋だ。デザイナーが本業だが、フリーのエディターでもあり、ライターでもあって、コーディネーターでもある。

「あの人の正体は、いったい何なんですか？」

そう囁かれ、不審がられてもいた。

国江さんは早速、件の美少女の所属事務所に連絡して依頼を伝えようとしたが、玉砕する。向こうは大手芸能プロダクションで、野口久美子は売り出し中のタレントだ。素性の定かでないフリーのなんでも屋の言うことなど、耳も貸してくれない。けんもほろろの対応だったという。

「こうなったら遠城氏に頼むしかないな」

遠城透は文芸編集者だ。国江さんより四歳若い。担当する作家が次々と高名な文学賞を受賞して、〝文学賞製造マシーン〟の異名を取る。ボディビルダーのような筋肉質で、バイタリティーの固まり、出版界の名物男だった。

国江さんはわけを話し、遠城氏は即座に動く。電光石火だ。大手芸能プロダクションの社長室へと行った。ダブルのスーツに身を堅めた精悍な芸能プロの社長を前に、遠城氏は大熱弁をふるう。時折、国江さんが口をはさむが、実存がどうとか、ドストエフスキーがこうとか、意味不明だった。社長も困惑顔である。

「あのー、社長……いいお体をされてますね」

遠城氏のひと言に、おっ、と相手方の目が光った。

「わかるかね、キミ?」

上着を脱いだ社長は、ワイシャツ姿で力こぶを作る。すごい筋肉だ。すかさず遠城氏は立ち上がって、駆け寄り、社長の腕や胸に触れ、感嘆の声を上げる。二人はしばし筋肉談義に興じ、互いの肉体に触れ合い、顔をほころばせた。社長はもう上機嫌だ。

こうして会談は上首尾に終わり、本の出版が決定した。


初顔合わせは、港区のレストランの個室だった。

若本遼一が現れる。世界のワカモトと呼ばれる高名なミュージシャンだ。国江さんは彼の出版関係のスタッフで、遠城氏は若本の大親友である。そこで今回の本の名義上のプロデュースを世界のワカモトが務めることになった。

フラッシュが光り、シャッターが切られる。週刊誌のカメラマンと取材記者が入っていた。派手好みの遠城透の趣向だ。単に十二歳の女の子のタレント本の顔合わせで、一大セレモニーである。

巻頭グラビアの撮影は、著名な写真家・篠川実信が務める。タレントをインタビューして、原稿にまとめるのが私の仕事だ。

世界のワカモトから大手芸能プロ社長、出版界の名物男……お歴々がずらりと集い、物々しい雰囲気だった。

扉が開く。スタッフに取り囲まれて、少女が入ってきた。つば広の帽子をかぶり、真っ白な衿の黒いワンピースを着ている。

野口久美子だ。

帽子を脱いで、お辞儀をすると、長い黒髪が揺れた。

美しかった。が、美少女――という形容に収まらない。なんだろう、これは……どこか珍しい小動物でも見るような気配がした。

隣席の国江さんは目を潤ませ、ごくりと生つばを飲む。鼻息を荒くしている。

野口久美子は上座の真ん中の席に座った。大人の男たちに囲まれ、美少女が一人ぽつねんとそこにいる。奇妙な光景だ。

グラスが重ねられ、料理が出た。

遠城氏が座を盛り上げる。

「久美子ちゃん、君のことを〝ノクミ〟と呼びたいんだ」

「ノクミ？」

「そう、今度の本のタイトル、『ノクミ語録』ってのはどうかな？」

美少女がうなずいた。

さすがである。遠城氏は周到に準備してきたのだ。

野口久美子は、すぐに〝ノクミ〟の愛称で国民的美少女として知られるようになる。

「えーと、こちら、ライターの中野秋夫さん、今度の本の原稿を書いてもらいます」

彼女のそばへと行き、「よろしく、ハイ、これプレゼント」と差し出した。

ベルギーの漫画『タンタン』のピンバッジだ。

ぱっと瞳を輝かせると、少女は笑った。

十二歳の子供の笑顔だった。


子供たちの歓声が聞こえる。車輪の音がとどろき渡る。

ローラースケートに興じていた。

青山の芸能プロダクションのビルの屋上だ。

本のための第一回の取材である。

セレモニーの日、野口久美子はほとんどしゃべらなかった。口を堅く結んでいた。その様は、さながら少女人形のよう。これでは発言集なんてとてもできない。

一計を案じることにした。まず、最初は一緒に遊びましょう。遊びにかこつけ、気を許した少女の口から言葉を盗み出す——狡猾な大人の智恵だった。

野口久美子と彼女のクラスメートの子供チームと、私と国江さんとマネージャーらの大人チームが、寒空の下でローラースケートを履いて疾走する。

子供チームが圧倒的に優勢だ。大人たちは慣れない運動であたふたしている。

セレモニーの日のお嬢様姿から一転、ノクミはカジュアルなセーターにジージャン、パンツルックで躍動していた。上着の衿にはタンタンのバッジが光っている。

頰を赤く上気させた乙女らが、キャッキャとはしゃぎながら大人たちに突進してくる。そのつど私たちは尻もちをついて、少女たちの大笑いを誘った。

よし、今度は大人チームの逆襲だ。反撃しようとすると、彼女らはあっという間に走り去る。その逃げ足の速いこと！　中でも、野口久美子の俊敏さは目を見張る。野山を駈け廻る野生の動物のよう。

うぉ——っ!!　と雄叫びを上げ、黒縁メガネの中年男が必死で追いかける。国江さんは異様なテンションだった。美少女と仲良くなって、うれしくてたまらないのだ。

ノクミは逃げる。追う中年男。両手を前に突き出し、叫び、女の子に襲いかかるゾンビのよう。

捕まる！　と思ったその寸前に、少女はサッと身をかわし、中年男は屋上の壁に激突した。メガネがはじけ飛んで、仰向けに倒れ、額から血を流しながら……国江さんは幸せそうに笑っていた。

野口久美子は中学一年生だ。学業優先で、放課後と週末に仕事をする。年明けからはＮＨＫの大河ドラマに出演が決まっていて、ブレイク寸前だった。

忙しい彼女の取材時間は限られている。テレビ局や撮影スタジオに喚ばれ、仕事の合間のあき時間に話を訊いた。というか、もはや私たちは友達だ。タメ口で、ノクミは気を許して何でもしゃべる。常にテープを廻して、その言葉を採集し、国江さんはうれしそうにうなずいていた。

ムカムカムカムカムカムカムカ。

ム・カ・ツ・ク！

トロイヤツを見ると殴りたくなっちゃう、私。

ノロマな大人が大キライ！

〝オトナも〝ノロマ〟もそれぞれキライなのに、それが合体ロボしてるなんて耐えられない。

あー、アッタマくる、トロイヤツ。

『ノクミ語録』の冒頭である。

野口久美子は、よくムカついていた。すぐに顔を真っ赤にして怒り出す。すると、面白い言葉がポンポン飛び出す。私は、わざと彼女をムカつかせた。あえて怒り出すようなことを言って、挑発した。

「殴るよ！」と十二歳の美少女は、顔を真っ赤にして、こぶしを握り締め、こちらに向かってくる。本気だった。

「絶対にヤダ！」とノクミはよく言った。単に子供のワガママではない。「約束が違う」「話を聞いてない」「筋が通っていない」という場合ばかりだ。そういう時に彼女は「絶対に」折れなかった。徹底して原則論を貫いてくるのである。周りの大人がどれだけ説得しても、ダメだ。マネージャーが頼んでも、社長が諭してさえ、言うことを聞かない。やがて仕事にも支障をきたすことになる。

「さすがだよ」

国江さんはうっとりとした瞳でそう言った。ノクミの異様なかたくなさを、どうやら称賛しているのである。

「中野くん、なんで彼女はあれほど自分を曲げないか、わかるかい？」

なんで……ですか。

「……実存だよ！」

えっ？

「やはり俺の思いどおりだった。野口久美子は実存少女なんだ。あれですよ、あの強固な意志！　美しいじゃないか。あの瞳を見たかい？　あれは……そう、アラブで戦う少女ゲリラ兵士の瞳なのさ」

なんか違う……と感じたが、口答えはできない。目を潤ませて熱弁する国江さんの思い込みは、それほどに激しかった。


有楽町にあるラジオ局から突然、呼び出しを受けた。スタジオには野口久美子とそのマネージャー、ラジオ局のディレクターらがつめている。ノクミはムッとしていた。何かぴりぴりとした険悪な空気が漂っている。

春から彼女のラジオ番組が始まる。三十分間の一人語りで、初回収録の日だった。当時は年少アイドルのフリートークなんてありえない。構成作家が台本を書いていた。

〈こんばんは、野口久美子です。さて、もう春、四月といえば新学期だけど、私は……〉といった調子である。

これを彼女は拒否した。こんなの自分の言葉じゃない、嘘だ。もう、しゃべりたくない。「絶対にヤダ！」が始まった。完全に口を閉ざしてしまう。

マネージャーは必死で説得し、中年男性のディレクターは目を赤くしていた。放送日の直前だ。

このままでは番組が中止になってしまう。

急遽、私が相手役を務めることになった。フリートークの番組になったのだ。

「ねえ、久美子ちゃん、好きな言葉ってある？」

「えーっとねー、私の好きな言葉は……」

ちらっとブースの向こうでタバコを吸うディレクターを見て、言う。

「……禁煙！」

ディレクターは急にせきこみ、慌ててタバコをもみ消した。

国江さんは手を叩いて喜んでいる。


四月になった。野口久美子は中学二年生になり、もう十三歳だ。大河ドラマに出演して、戦国時代の幼い姫君役で一気にブレイクした。

写真撮影の日である。

篠川実信はさすがだった。

最初は古いお屋敷で白いレースのブラウスにリボンでお人形を抱く……典型的な〝美少女〟像を撮る。打って変わって、公園へと行って「走れ、走れ！」と声をかけた。ノクミは走る。走り廻る。キャッキャと歓声を上げ、滑り台やジャングルジムを駆け抜けた。

世間が野口久美子にイメージする美少女と、その対極にある内なる足の速い子供とを、撮ってみせたのだ。彼女はすぐに篠川に気を許した。この写真家は、自分の子供の部分を解放してくれる、味方なのだ。即座に、そう直観したようだった。

しかし……。

気がつくと、公園に子供たちが群がっていた。

「ノクミだ」「野口久美子だ」「大河ドラマのお姫様だ」と大騒ぎしている。彼女の顔が急にこわばった。元気な子供の姿が一瞬にして消え、無表情になる。どこか脅え、青ざめていた。

子供たちの一人が近づき、サインをねだる。

ダメダメダメ！　と誰か飛び出してきた。国江さんだ。血相を変えている。両腕を広げ、立ちはだかると、ノクミを守った。すごい剣幕で「シッ、シッ、あっち行け！」と子供たちをにらみつけ、追い払う。必死で、自分の大切な宝物を奪われまいとするように。

借り切った児童館のプールへと移動した。水着撮影とはいえ、セクシャルなものではない。スクール水着である。それでも彼女は恥ずかしがって更衣室から出てこない。女性マネージャーが説得し、スタイリストの女性が自分も水着になってプールに飛び込んだが、ダメだった。

遠城透がやってくる。

「遠城さんがまず裸になって泳いだら、ノクミは出てくるんじゃない？　だって、ほら、天下の美少女と水着でツーショットが撮れる、絶好のチャンスですよ」

私がそう言うと「えっ、そうかい？」と満更でもなさそうだ。児童館のプールには子供用の海水パンツしか売っていない。それを買うと、遠城氏は更衣室へと入った。

出てきて、びっくり。想像以上に超ムキムキの筋肉のかたまりで、下半身は子供用の海パンでぴっちり、もっこりしている。その場が爆笑の渦に包まれた。

何事？　と扉を開けて、とうとう野口久美子が出てくる。スクール水着姿だ。胸なんかぺったんこで完全に子供体型だった。

遠城氏に近づき、その裸体を見ると「オエッ！」とひと声上げ、舌を出して、プールへ飛び込んだ。美少女とのツーショット撮影が叶わず「なんだよ！」と落胆した遠城氏も、プールに飛び込み、追いかけるようにバタバタと水をかいた。


『ノクミ語録』の取材はうまくいった。今、その本を見返すと、グラビア頁にひときわ印象的な一枚の写真がある。

ノクミが両手で鉄骨をつかみ、足は地面を離れ、その体が旋廻していた。

あれは球形のジャングルジムとでも言うのか、鉄骨で組んだ巨大な地球儀のような遊戯施設が公園にあった。その片側上方にカメラを持った篠川が座り、ちょうど球の反対側の位置で鉄骨を握って野口久美子がぶら下がる。

「国江さん、廻してよ」

篠川に指示され、ハイ！　と国江さんは球の下方の鉄骨をつかんで走った。ぐるぐると廻った。

ノクミの足が宙に浮き、対極の位置から篠川はシャッターを切る。しっかりと鉄骨を握り締めていないと振り落とされてしまう。油断をしたら写真家だって真っ逆さまだ。いっぺんにあたりが緊迫した。国江さんは、もう汗だくだ。必死で走って、球を廻転させる。息を切らし、ひどく苦しそうでいて、どこか喜悦と陶酔の表情を浮かべていた。

その速度が増した。少女が喚声を上げる。シャッター音が宙を切る。めまぐるしい。美少女と、写真家と、それを下で支える黒縁メガネの中年男とが、いつまでもいつまでも廻転していた。

『ノクミ語録』の取材は終わった。しかし、その後も月に一度はラジオの収録で、彼女に会っている。野口久美子と話すのは楽しかった。とても利発な女の子で、私の前では美少女のポーズを取ることをやめ、自らを解き放っている。顔を真っ赤にして怒り、げらげらと笑う。

それでも時折、ぞっとするほど孤独な表情を浮かべることがあった。

今、何を考えてたの?

「ん? 別に。頭ん中、真っ白になってた……」

無理もない。たまたま美しく生まれてしまったおかげで、幼くして注目を浴びることになり、今では日本一の美少女とも呼ばれている。まだ十三歳の子供なのだ。

彼女はいったい、どうなるんだろう?

収録を終えて、野口久美子が去った後も、マネージャーはスタジオに残っていた。

「実は、ちょっとおめでたいことがありまして……」

奇妙な微笑を浮かべている。

「お赤飯を炊いたんですよ」

一瞬、何のことやらわからなかった。

「久美子がね」と言われ、あっ！　と思った。そうか……初潮を迎えたのか。

愕然とした。

ここ数か月、ずっと取材をして、一緒に遊び、笑いころげ、話し込んだあの美しい少女は、まだ初潮前の子供だったのだ。

ふと振り返ると、それを聞いた国江さんが、真っ青な顔をしている。無言のまま、小刻みに身を震わせていた。


中野駅の近くの図書館へと通い、原稿を書いた。風の公園のベンチで音楽を聴いて、二か月ほどで完成する。

「何ですか、これは！」

『ノクミ語録』の表紙見本を手に取って、私は声を荒らげた。野口久美子が笑っているバストアップの表紙写真だ。約束が違う。彼女の美しい顔をどアップで表紙にしようと話したではないか。

「いや、その……篠川先生にそのことを伝えていなくてね、後で気づいて、頼んだら、いや、撮り直しはできないって言われちゃったんだ」

国江さんは、しどろもどろに言う。

「えっ、何？　忘れてたんですか！」

国江さんは「すまん」と呟き、うつむいた。

カッとなった。

何が実存だ。実存少女だ。ドストエフスキーだ。アラブの少女ゲリラ兵士だ。小難しいことばっかこきやがって、このおやじ、単にロリータに夢中になって、仕事を忘れて、遊び呆けていたのか？　ふざけんなよ！

「もう、ダメです。本来ならこの本は無しにしたいぐらいだ。けど、これは野口久美子の本なんだ。無しにするわけにはいかない。だから、せめて僕の名前をはずしてもらいます」

えっ、と国江さんはこちらを見た。

「これは、もう僕とは関係のない本だから」

国江さんは目を真っ赤にして、打ちひしがれた犬のような表情で、ぶつぶつともらし、私をなだめようとする。

「いや、絶対にダメです！」

ああ、なんということだろう。知らずと私は、あの「絶対にヤダ！」に感染していた。彼女の言葉を編集する内に、いつしか捕われていた。侵食されていた。甘い餌で小動物を飼い慣らす、狡猾な智恵の大人であるはずの自分が。罠を仕掛けたつもりが、罠にはまっていた。すっかり侵されていた。そう、〝絶対〟という少女の病に。

私は野口久美子に〝少女〟を感染《うつ》されたのだ。


二年が過ぎた。

昭和が終わり、平成が始まった。

その春、私は少々昂揚している。気分が浮き立っていた。自作の小説がテレビドラマ化されるのだ。初めての経験である。

『ガールズ泥棒』という物語だ。女の子二人組が東京中のかわいいもの、オシャレなものを盗み出す、寓話である。

『ノクミ語録』の出版後、一気に書いた。例の中野の図書館に通い、風の公園で音楽を聴きながら。野口久美子の発言集をまとめたことの明らかな成果である。自分の耳に棲みついた女の子の声を聞き取って、物語にしたのだ。

『ノクミ語録』と『ガールズ泥棒』の印税で中野のボロアパートを脱出した。阿佐ケ谷のマンションへと引っ越す。経済的に……いや、精神的にも救われた。少女によって、少女の言葉を書きとめることによって、どうやら私は危機を脱したようだ。

六本木のレストランは、人でごった返していた。メンバーズ・オンリーの立食パーティーだ。著名なタレントやミュージシャン、クリエイターらの顔が見える。久しぶりに華やかな場所に来た。

宴の中心に、一人の少女がいる。

宮川えりだ。

彼女の十六歳の誕生日だった。マスコミ向けのバースデー・パーティーである。

宮川えりは注目のアイドルだ。CMのお嬢様役で一気にブレイクした。ドラマや映画や歌手デビューやらと、仕事が殺到している。

レコード会社の社長の乾杯の音頭があって、灯りが消え、大きなバースデー・ケーキが現れて、少女アイドルが十六本のロウソクの火を吹き消した。フラッシュが瞬き、カメラのシャッター音が鳴り響く。

宮川えりの前には、彼女と挨拶を交わすため業界人の行列ができた。テレビ・プロデューサーに腕を引っぱられ、私も列の後尾につく。

やっと順番が廻ってきた。

「えりちゃん、こちら、今度のドラマの原作者の中野秋夫先生」

少女の顔が、ぱっと明るくなる。

「はじめまして！　わあ、お若いんですね。作家っていうから、もっと、あの……おじいちゃんかと思ってました」

私もつられて笑った。

「……なあんて、実は中野さんのことはよくお聞きしていたんですよ、久美子ちゃんから」

久美子ちゃん？

野口久美子だった。ノクミは宮川えりと同学年で、幼い頃にお菓子のＣＭで共演して以来、二人は仲良しだという。

それにしても……宮川えりの輝きは際立っていた。童顔だが、目鼻立ちがくっきりとして、笑顔が弾けるようだ。すらりと脚が長い。

オーラがある、という抽象的な形容で、芸能人の魅力を語ることがあるが、本当にその時、私には宮川えりの強烈なオーラがはっきりと見えた。

話していても楽しい。打てば響くようで、瞬時にこちらの意図を察知して、的確な球を投げてくる。美少女との心地よい言葉のキャッチボールだ。

はっとした。あのかたくなな少女、いつも周囲を拒絶し、ムカついてばかりいて、「絶対にヤダ！」と暴言を投げつける、大人になつかない狂暴な小動物のような女の子と、まったく対照的ではないか。

パーティーも終盤になり、扉が開いて、誰か飛び込んでくる。まるで弾丸のように。

野口久美子だった。

よほど慌てて駆けてきたのだろう。顔を真っ赤にしている。

「えりちゃん、おめでとう！」

「ありがとう、久美子ちゃん」

二人は抱き合った。喚声を上げて、再会を喜び、大はしゃぎしている。手を取り合って飛びはね、踊るようにくるくると旋回している。周りの大人たちは、あっけに取られて、ただ、その様を見ていた。

勇を鼓して二人に近づくと、私は声をかける。

「やあ、久美子ちゃん、久しぶり」

ノクミが笑った。カメラマンがそばにいたので、二人を両脇に置いて記念写真を撮ったのだ。右に十五歳の野口久美子、左に十六歳の宮川えり、真ん中に二十九歳の私が写っている。両手に美少女……これは秘蔵の一枚となった。

「ねえ、中野さん」

宮川えりが言う。

「久美子ちゃんと私が共演するお話を、書いてよ」

ノクミの瞳が、ぱっと輝いた。

「うん、書くよ。絶対、書くよ」

二人の美少女と私は約束を交わした。

篠川実信との仕事が始まった。週刊誌の巻頭グラビア頁である。時代《とき》の女性たちを篠川が撮り、私が文章を寄せる。コーディネーターは……国江さんだった。

毎回、写真撮影の現場に立ち会う。これが大御所女優か年配の演歌歌手などの場合は、いい。少女タレントとなると大変だ。

国江さんが我を忘れて、はしゃいでしまうのである。篠川を放ったらかして、少女にべったりとくっつき、ニヤニヤでれでれしている。

撮影終了後、篠川は激怒した。

「国江さん、いい加減にしろよ。あんたはどっち側なんだよ！」

例の打ちひしがれた犬のような表情をして、国江さんは、しょげる。だが、少女タレントの撮影になると、すぐにまた我を忘れて、はしゃぎ廻るのだった。

「国江さんのあれはもう、一種の病気だな」

篠川は吐き捨てる。

国江さんは番頭体質の人だった。篠川の名前をカサに着て、対外的にはいばる。

「篠川先生は、こんなんじゃ撮れませんよ！」

篠川の前では一応ぺこぺこするが、時折、絶妙な嫌みを言うのだ。

「篠川先生、いや～、この写真はちょっとねえ……」

篠川は大激怒する。

「国江さんは下から人を見下ろす人だ」

「国江さんは腰が低くて、押しが強い」

「国江さんは必要悪だが、今や不必要悪になった」

篠川と私は、さんざん国江さんの悪口を言い合って、仲良くなった。

週刊誌の正月号で私たちのページに、宮川えりが出ることになった。当初は野口久美子とのツーショットのはずが、撮影直前にノクミ側がキャンセルする。

宮川えりはまもなく十八歳だ。野口久美子の人気を追い抜き、完全に突き放した。ノクミサイドが比較されることを回避したのだろう。少女ら二人はいまだに仲がよくても、芸能プロの大人たちとはそうしたものだ。

乃木坂の篠川の事務所の周辺で撮影する。本来なら、国江さんがはしゃぎ廻るはずだ。しかし、むっつりと押し黙っている。

国江さんは、いまだに野口久美子に執着していた。なんだかんだ仕事にかこつけては、彼女に会っているらしい。それでライバルである宮川えりに気を許さない。自分はノクミ派だというわけだ。

決して義理堅いわけではない。学生運動出身の国江さんは、常に人を敵と味方に分け、判断し、派閥の力学で裏を読み、あちこちに出入りしては敵側の悪口を盛んに言いふらす。そういう性格が、みんなに嫌われていた。

国江さんは敵に廻すと嫌な人だ。しかし、味方にとっても困った人なのである。

子供時代は国江さんになついていた少女タレントも、ある年齢に達すると「あの人、気持ち悪い」と離れてしまう。打ちひしがれた犬のような目をした国江さんは、さらに年若い少女タレントをあさるのだった。

冬の都心の路地裏を、美少女が駆け抜ける。写真家が追いかけ、シャッターを切った。

宮川えりはすらりとした肢体を存分に伸ばして、疾走し、飛びはね、声を上げる。笑顔が弾ける。美しかった。

国江さんは近づいていかない。

宮川えりのステージママとして有名な、通称えりママは、ただ見守っている。

撮影の合間に、私は美少女と談笑した。

「宮川センパイって、若《わけ》えな〜」と不良の弟分の口調で話しかけると、気転を利かせて「秋夫さんだってさ、ヤングってるじゃん、ヤングってるじゃん！」と返す。

「宮川センパイ、まぶいぜ」と言うと「まっぴーだろ、なっ、ゲロマブじゃん！」と笑った。

ある日、篠川の事務所の写真スタジオへ行くと、少女たちが大騒ぎしている。その日、撮影するアイドルグループの女の子たちだった。

テーブルの上には新聞が広げられている。

紙面の丸々一頁を占めて、なんと宮川えりの全裸写真が掲載されていた。

目を疑った。

撮影・篠川実信とある。そう、日本中が大騒ぎとなるヌード写真集の広告だった。

宮川えりは十八歳のトップアイドルだ。それがヘアまでさらして全裸になる。前代未聞の出来事だった。

スタジオに現れた篠川は、まったく表情を変えない。普段どおりだ。その日、事務所の電話は鳴りっぱなしだったが、無視する。平然と撮影をこなしていた。

仕事が終了後、篠川と食事をして、夜遅くまで呑んだ。件の写真集は、えりママの意向によると聞いた。驚いた。

「いったい、宮川えりはどこへ行くのでしょう?」

ある種の危惧を覚えて、私が呟くと、目の前の写真家はこう答えた。

「いや、中野さん、あの親子はボニー&クライドなんだ。俺たちに明日はない、さ。だから先のことなんか考えないで、今を、この瞬間を全力で生きているんだ」

宮川えりと最後に会ったのは、いつのことだったろう?

そうだ、それから二年後のこと。彼女は二十歳になろうとしていた。

国民的人気の相撲兄弟の弟、一歳上の関脇と電撃的な婚約を発表する。宮川えりはまた世間を驚かせた。

独身最後の撮影ということで、篠川の事務所のスタジオへとやって来た。もう、固いつぼみの美少女アイドルではない。誰もが認める国民的スターだ。充分に成熟した女の美しさを花開かせていた。

「こうなったら、もうどうやったって、きれいに撮れてしまうものだよ」

篠川は快調にシャッターを切る。

圧巻だった。

スタジオのカウンターにポラロイド写真が並べられる。どの一枚も輝きを放っていた。ため息をつくような美しさだ。

「中野さん」

写真に見惚れていると、宮川えりがそばに来た。

「ついに約束を守ってくれなかったわね」

えっ、何を言っているかわからない。

しばし考えて後、はっとした。ああ、そうだった。私は宮川えりと野口久美子の共演作を書く約束を交わしていたではないか。彼女は、もう四年も前の私との約束を覚えてくれていたのだ。

うれしさと申し訳なさが、入り混じった。

宮川えりが笑う。あまりにもまぶしい。これまでたくさんの美少女アイドルや女優と会ってきたけれど、この日の彼女ほど美しい人は見たことがない。

瞳が異様に輝いていた。そこには目の前の幸福や希望がくっきりと映っている。

ほどなくして、宮川えりの婚約が破談になったと知らされた。


「おう、中野くん、久しぶり」

遠城透からの電話だった。

「急で申し訳ない、会いたいんだ。これから出てこられないか？」

タクシーをつかまえて、指定の場所へと向かう。篠川との十年余りにわたる週刊誌の連載が終わって、めっきり港区方面へと出向くことはなくなった。

車窓から外に目をやると、都心の街路樹の葉がすっかり茶色くなっている。

六本木ヒルズが見えてきた。

タワー棟の上層階にある日本料理店の個室へと向かう。扉が開くと、先に来ていた女性が声を上げた。

「中野さん、メガネ変えたんだね！」

野口久美子だった。

十六年ぶりの再会だ。たしかにべっこう縁から縁なしメガネに変えている。かつて私の度の強いメガネを手にして、自分が掛け「くらくらする〜」と笑っていた十二歳の少女の姿が思い出された。それが今、目の前の三十歳過ぎの美しい女性と重なり合う。なんとも奇妙な感覚に襲われた。

野口久美子と遠城透と、昔話に花が咲く。ノクミはフランス人の著名なF1レーサーと結ばれて、三人の子供がいた。現在ではスイスのジュネーブにある古城を改装した大豪邸に住んでいるという。

「中野さんもジュネーブへ来ることがあったら、連絡してよ。うちのワイナリーや、ぶどう畑を案内するから」

ちょっと信じられない。私の中ではいまだに十二歳のノクミなのに……。時折、海外セレブのような写真を雑誌で見てはいた。彼女は、まったく遠い世界へ、旅立ってしまったようだ。

久しぶりに来日した。宮川えりとは今でも連絡を取り合っているという。結局、宮川とノクミが共演したのは子供時代のお菓子のCMの一度きりだ。二人が共演する原作を私が書く約束をした件に話が及ぶ。

「ねえ、共演するんだったら、いっぱい、いいお話があったのにね……『芝桜』とかさ」

野口久美子がぽつりと言う。

有吉佐和子の小説なのだそうだ。私は読んでいない。二人の対照的な芸妓の人生を描いた物語らしい。それを西欧の小説と比較して、時折、英語やフランス語を交え、ノクミはさらりと批評してみせた。愕然とする。どうやら知的にもはるかに私を抜き去ってしまったようだ。

数日後、電子メールが届いた。

〈ハロー、野口だ。ｆｒｏｍジュネーブ〉

野口久美子からだった⁉

〈こないだは、ども。最近はアインシュタインの語録を原語で読んでるよ。タメになる！　我が家はインフルエンザに襲われ、子供たちとウィルスのキャッチボールをしてます〉

目を見張った。『ノクミ語録』の頃そのままの生意気な子供の内に、猛烈な知性が感じられる。

返信を送った。

〈野口さんは、たまに女性誌のインタビューで見ると、海外セレブみたいな上品な口調で話してるのに、会ったり、メールだと、ノクミの頃、まんまだね……〉

すぐに返事が来た。

〈いつも一緒のしゃべり方だったらさ、面白くないじゃん！〉

時折、彼女からメールが届くようになる。

〈もうすぐ二歳になる三匹目の男児が猛獣化して、我が家は動物園と化してます〉

〈宮川えりちゃん、オメデタだって……よかったね！　ずっと前から子供欲しがっていたから〉

様々なやり取りをした。

それでも彼女に伝えていないことがある。ノクミと和食屋で再会した時にも、話さなかった。いや、話せなかった、というべきか?

国江さんのことである。

国江さんは年を経るごとに、難しい、めんどくさい人になっていった。

少女タレントや、年若い女子クリエイターに近づき、囲い込もうとして、逃げられ、トラブルを繰り返していた。

やがて自分の子供ほどの年齢の女子劇作家に惚れ込んだ。異様な思い入れで、篠川と私との連載ページにねじ込もうとして、口論になる。我々に罵声を浴びせて、仕事を降りてしまった。

それ以前に、音楽家・若本遼一とも袂《たもと》を分かっている。

「なーにが世界のワカモトだ。ちゃんちゃらおかしいよ。資本主義に取り込まれやがって。あいつは革命戦士なんかじゃない。単なる、いなかっぺぇだ」

ええっ。

「若本遼一はな、俺が高校生の時に作った活動組織のはるか後輩で、下っ端の下っ端だったんだ。世が世なら、あんな奴……処刑だよ!」

ぞっとした。

国江さんは、完全に壊れていった。

平成最後の――といわれる師走のことだ。

突然、スマホにメールが届いた。

〈ごぶさたしております。ところで……国江義雄さんのことは、ご存じですか？〉

国江さんのこと？

最後にその名前を聞いたのは、いつだったろう。

ああ、そうだ……例の女子劇作家との件だ。

国江さんは劇作家とのスキャンダルに巻き込まれた。彼女は、二人の不倫関係を戯曲にしたのである。

国江さんには、奥さんも子供もいた。それ自体、驚きだが、家族をほったらかして仕事場で寝泊まりしていた。そこで娘のように若い女子劇作家と毎夜、繰り広げた、赤裸々な性愛関係を、暴露されたのだ。その戯曲は有名な賞の候補となり、週刊誌のスキャンダル記事にもなった。国江さんの奥さんにばれて、修羅場と化す。結局、離婚……家庭崩壊へと至る。

あげくに、国江さんは劇作家に捨てられた。

家族も、仕事も、財産も、信用も、すべて失って、丸裸になったという。

先のメールの主は、女性医師である。テレビでよく見るタレント文化人だ。彼女もまた、かつて国江さんに執着された。少女人形の名前の芸名で、メガネと白衣を身につけ、売り出され、やがて離反した。

それでも律義な彼女は、自らの本が出るたび、国江さんに送っていたという。

〈……ところが、本が返送されてきました。代理人の方の手紙が添えられていて、十月末に、国江さんが亡くなったそうです〉

愕然とする。

国江さんが……亡くなった。

まさか。信じられない。

久しぶりに篠川実信に電話した。

「ご存じでしたか」

「いや、知らなかった」

篠川は近年まで国江さんに仕事を発注していたという。あんなことがあったのに……。すべてを失って、追いつめられた国江さんの生活を心配してのことだろう。それは最後の命綱だったはずだ。

「だけどさ、ある時から、国江さんがうちの仕事に来なくなった。連絡がつかなくなったんだよ」

ああ……自ら命綱を断ち切ったのだ、あの人は。

「篠川先生、国江さんは、その——……偏屈な人だったですよね」

しばらく沈黙があった。

「……大偏屈だよ！」


国江さんと最後に話したのは、もう随分と前である。

たしか一緒に映画を見たのだ。

ニューヨークが舞台の洋画で、殺し屋の中年男が、十二歳の少女と同居することになる。少女に心魅かれた殺し屋は、捕われた彼女を救出するため、単身、危険な場所へと乗り込んでゆく。

映画が終わった後、国江さんは目を赤くしていた。

カフェでお茶をしたが、ぼうっとしている。

「中野くんさ」

うつろな瞳で言う。

「なんで最後にあの殺し屋は死んだか、わかるかい？」

えっ……言葉が出ない。

国江さんは目を見張る。

「少女を愛したからだよ」

……。

「少女を愛した者は……死ななければいけないんだ」

中野秋夫はロリコンだ。アイドル評論家だって？　いい歳して、少女に過剰な幻想を抱いて、熱く論じるなんて、気持ち悪い。

よく、そんな批判を受けた。

苦笑する。

とんでもない。私なんかフェイクだ。本物のロリコンじゃない。仕事でやってるだけだ。

そう、国江さんのような本物じゃない。

本気で少女を愛して、すべてを懸けて、失って、破滅していった。

ああいうことって、何だっけ？　どう言うんだろう、誰かに教えてもらったはずだが。

ああ……たしか。

そうだ。

〝実存〟だ。


テレビ画面に、懐かしい顔を見た。

野口久美子だ。

隣に座っている美しい女性は、娘だという。目を見張った。姉妹のようだ。

ノクミは、もう、四十代半ばのはずである。

久しぶりに来日した。娘と一緒にバラエティー番組に出たのだ。

二十年ぶりに女優復帰する。かつての国民的人気のシリーズ映画の最新作に出演するのだという。

慌ててメールを送った。

ほどなく返事が来る。

〈あらー、お元気？　映画？　田山のヨォちゃんからお手紙もらったからネ、やんなきゃって！〉

田山のヨォちゃん？　ああ、巨匠・田山洋次監督だ！

相変わらず、ノクミだな。

春が近い。間もなく桜の季節だ。

〝芝桜〟を思い出す。

〈有吉佐和子の小説、やっと読んだよ〉

花柳界を舞台に二人の対照的な芸妓の人生を描いた物語である。

優等生の正子と、大胆奔放な蔦代――ノクミは、どっちの役が演《や》りたかったの？

〈う～ん、昔なら正子だけど、今では蔦代かな〉

四十代となり、互いが母となったかつての美少女が、実現しなかった二人の共演作を、今も夢想している。

一瞬、野口久美子と宮川えりの共演する『芝桜』が脳裏に浮かび、鮮やかに花開いた。

中野駅を降りて、線路沿いを歩く。図書館を探した。呆然とする。それは、もう古い木造建てではない。ぴかぴかの近代的な建物に生まれ変わっていた。

当然だ。私がここに通ったのは、はるか三十年も前のことである。

あたりを散策した。見つからない。ここかな？　あの風の吹きすぎる場所は、高層マンションに姿を変えていた。

バス停のベンチに腰掛ける。

街路樹を、つぼみをつけた桜の木を、じっと見つめていた。

桜の木の下には死体が埋まっている、と書いた小説家がいたものだ。

すると、どうだろう。

美少女の下には、何が埋まっているのか？

「美少女やったノクミちゃんが、こんな大人になるやなんて、驚きやなあ。そやけど、いや、ほんま、世界に通用する美女やで」

先日のバラエティー番組で関西系の芸人司会者は、そう感嘆していた。

世界に通用する——。

ああ、あの人もそう言っていた。

「世界に通用する人になるんだ、ノクミ。こんな小さな島国にいちゃダメだよ。君の真価はここじゃ発揮できない。まず、英語を勉強すること、いいね？　そうして、この国を飛び出して……世界を変えるんだ！　絶対に。革命戦士になるんだよ‼」

ぽかんとして聞いている。十二歳の少女は。意味わかんない、という顔で。

それでも国江さんは、何度もうなずき、目を潤ませ、彼女に本を手渡した。ドストエフスキーの小説と、英会話の入門書を。

少女はその本を読んだのだろう。そうして、やがて英語が達者になり、この国を飛び出して、本当に世界で通用する美女となった。

……妄想かな？

ぼんやりと街路樹をながめながら、そんなことを思う。

美少女の下には……中年男の死体が埋まっている。

やがて私もそこへ、埋まり、永遠に眠ることになるのだろう。


平成最初の春の日のことを想う。

風の公園だ。

今はもうないその場所の片隅のベンチにぽつんと座り、夕暮れの空を見つめながら、私は一人、音楽を聴いていた。

目を閉じて、夢想する。

六本木のレストランの扉が開いた。まるで弾丸のように誰か、飛び込んでくる。

女の子だ。慌てて駆けてきたため、顔を真っ赤にしていた。

「えりちゃん、おめでとう！」

「ありがとう、久美子ちゃん」

二人は抱き合って、大はしゃぎしている。手を取り合って、飛びはね、くるくると旋回していた。その姿が輝きを放つ。

音楽が次第に高鳴る。

その後、私はアイドルや女優、モデル、タレント等、たくさんの女の子たちに会った。だが、今となっては、はっきりとこう断言できる。あの時の二人ほど、美しい少女はいない。絶対に。過去にも、そしてこれからも。

勇を鼓して、私は二人に近づいてゆく。声をかける。

ねえ、一緒に写真を撮ろうよ。

右側に野口久美子、左側に宮川えり、真ん中は私だ。

今はもういない、いや、これからも決して現れはしない、美少女たちにはさまれている。

ああ、そうだった。やっと気がついた。

これこそが私の人生の最高の時、至福の瞬間なのだ。

夕闇があたりをおおう。

耳を澄ますと、ビートルズが。
『イエスタデイ』の旋律が聴こえてきた。

新宿の朝

椎名林檎の『歌舞伎町の女王』という歌がある。

〽JR新宿駅の東口を出たら
其処はあたしの庭　大遊戯場歌舞伎町

このくだりを聴くと、思わず苦笑してしまう。

実際、新宿へ行ったことのある方なら、おわかりだろう。

JR新宿駅の改札は地下にある。東口を出て、地上への階段を昇ると、そこは駅前のロータリーだ。はとバス乗り場があって、黄色いバスが停まっていたりする。新宿通りをはさんで、アルタのビルの巨大モニターが見える。角っこには百果園。パイナップルの切り身に割りばしを突き刺して売っている。

脇の道に入って、しばらく歩く。靴屋、質屋、DVDショップ、手打ちめん、マツモトキヨシ、バイオリン屋……靖国通りが見えてくる。通りの向こうにデンと現れるのは、驚安の殿堂ドン・キホーテだ。脇のゲートには〈歌舞伎町ゴジラロード〉とある。向こうにかつての新宿コマ劇場、今では東宝シネマズ新宿のビルがそびえ、屋上には巨大なゴジラの頭部がぬっと顔を出している。

そうだ、やっとここが歌舞伎町なのだ。

椎名林檎が唄うように「東口を出たら」、そこは歌舞伎町……なわきゃない。少なくとも、歩いて五分はかかる。

でも、まあ、わかるよ。歌の世界なんだ。イメージの地図さ。現実とは違う。新宿駅を出たら、パッと目の前に大遊戯場がある。そこで歌舞伎町の女王がきらめいている。

なるほど新宿はイメージ、虚構の街だ。

そうだろ、椎名林檎？

*

一九七五年、十五歳で私は上京した。三重県の海辺の小さな街から、突如、大都会へ。カルチャー・ギャップにびっくらこいた。

五歳上の兄がいて、東京の私立大学に行っている。一緒に住めばいい、と私大の付属高校を受験して受かった。

「おまえさ、通学かばんがいるだろ？　俺のダチにもらってやるよ」

兄貴は言う。

新宿歌舞伎町の薄暗い店へ連れられていった。店内にはタバコのけむりがもうもうと立ちこめている。男たちが卓を囲んでパイをかき混ぜていた。雀荘、マージャン店だ。

「へえ、君が弟かあ？　はい、かばん」

兄貴の友達のぶしょうヒゲの大学生が、紙袋に入った中古の通学かばんを手渡してくれた。

「あ、す、すんません」

「弟くん、勉強がんばって」

「お兄ちゃんみたいにマージャン大学に横滑りしないよーに（笑）」

「何、言ってんだよ、るっせーな」

男たちは軽口を叩き、パイをかき混ぜ、すぐにマージャンに夢中になっていった。

「おまえさ、一人で帰れるだろ？」

兄貴に言われ、う、うん、とうなずき、私は雀荘を出た。歌舞伎町からＪＲの……いや、当時は国電の新宿駅まで、歩いて五分、ほんの目と鼻の先である。

しかし、上京直後の十五歳、おまけに私は方向音痴だ。すぐに迷った。ＧＰＳもスマホもない。地図も見あたらない。夕暮れの街をうろうろするばかり。人口数千人の片田舎の街から、突如、大都会の人ごみに放り出された。スカスカの街で生まれ育った私は、人口密度の濃さにむせて「人酔い」してしまう。

日は暮れ、空は暗くなり、次々とネオンがともる。けばけばしいイルミネーションの大洪水だ。半裸の女体の看板が笑っている。化粧の濃い夜の女、人相の悪い男、客引き、ヤクザ、ポン引き、ホスト、浮浪者、ふらふらとして何かわめいている、酔っ払いオヤジ？　ヤク中？　田舎では見たことのない怪しげな人種がいっぱいあたりを回遊している。びびった。とても道なんて訊けやしない。

「どうしたの、ボク？　道に迷った？　案内してやろうか？」なあんていう心やさしい歌舞伎町の女王なんざ、いやしなかったよ。

途方に暮れて、さまよい歩く。ひたすら、うろつく。足はふらふらで、汗びっしょり、目はうつろで、泣きそうだ。どれほど迷っていたか……一時間？　二時間？　気の遠くなるような時の流れだった。

ああ、ここは迷宮か？　出口のないこの世の果てか？

それが私の東京とのファースト・コンタクト。

そう、新宿との出逢いだった。


父は田舎街の名士だった。大正末年の生まれで、尋常小学校卒、息子たちを東京の学校へやっているのが自慢だったろう。

小さな酒屋を開いて、母と二人、リヤカーを引っ張るような貧しい暮らしから、高度成長にのって繁盛した。従業員を何人も雇い、店舗を増やした。

あの小さな町の町長になるのが、父の夢だった。PTA会長を務めたり、ライオンズクラブの地区会長になったりした。ライオンズクラブ？　そう、田舎の小金持ちや地方名士が入るボランティア団体で、年末のパーティーでは、いい歳をしたオッサンたちが変テコな帽子をかぶり集う。

各家庭ごとのテーブルに座り、名字＋ライオンと称され、たとえば「山田ライオン！」と司会に呼ばれると、山田一家が立ち上がり、あるじが両手を高々と上げて「ウォーッ!!」とライオンのように吠える。お笑い草だ。

変テコな帽子をかぶり、両手を上げて「ウォーッ!!」と吠えている――幼い日の私が見た、成功者としての父の姿だった。

父は忙しく働き、時にはかんしゃくを起こしたように怒り、恐かった。ぎょろっとした目で、赤ら顔で、壮健だ。子供たちとは打ち解けない。がんこおやじである。私は父と腹を割って話した記憶がない。二人きりになると、気づまりだ。十五歳で上京を決意したのも、そんな父から逃れたかったのかもしれない。

高校受験の時、父は私につきそって上京した。ダブルのスーツに身をかため、ひょうたん柄の趣味の悪いネクタイを締めている。ひょうたんのコレクションが父の自慢だった。

父と兄と私の三人で、東京都内を廻った。あれはどこの駅だったろう？　当時としては珍しい自動改札機をくぐった。兄の動作を真似て、おそるおそる切符を投入口に入れ、そそくさと通る。私の後ろの父は、改札機の仕組みがわからず、切符を手にしたまま扉を強行突破してしまった。けたたましくブザーが鳴り、駅員が飛んできた。

父の憮然とした表情、兄の困り顔が、強く印象に残っている。父は当時、五十歳だ。ダブルのスーツに身をかためた田舎街の名士も、自動改札機ひとつくぐれない。二十歳の兄より劣る。そう、この東京では——。

兄と私の住むアパートは、東中野にある。中央線の赤い電車から、新宿で各駅停車の黄色い電車に乗り換えなければならない。兄、私、少し遅れて父が、ホームに立った。

その時だ。若者たちの一団が、どどっとホームに押し寄せてくる。兄も私も、とっさに身をよけた。振り返ると、父がいない。見失った。どうやら逃げ遅れ、若者たちに取り囲まれてしまったようだ。

先頭のリーダーらしき男が、奇声を上げた。それを合図にみんなしゃがみ込む。バッグから取り出したヘルメットを一斉にかぶった。学生運動の組織、いわゆるセクトだったのだろう。新宿駅のホームにびっしりと埋まるヘルメットの群れ。そのはざまに、ダブルのスーツの田舎男——そう、五十歳の父がぽつんと立ちつくしている。呆然とした顔で。

それは呆れるほどに奇妙で滑稽で、なんともグロテスクな光景だった。今でも時折、新宿駅のホームに立つと、あの日の父の姿が甦《よみがえ》ってくる。

一九七五年にも、あんな光景があったんだな。学生運動が退潮して、内ゲバの頃だ——といっぱしの文化評論家となった今の私ならわかる。だが、当時の十五歳の上京少年には意味不明で、ただ、目を丸くしているだけだった。

一九七〇年の新宿は、学生たちの政治闘争で騒然としていた。西口広場にはフォークゲリラが現れて、肩を組んでプロテストソングを合唱する。

一九八〇年になると、若者たちは髪を切り、ＹＭＯのテクノポップがピコピコと鳴って、東京はＴＯＫＩＯへと変貌する。

しかし、一九七五年には……何もなかった。

〽めぐるめぐるよ時代は巡る

もっとも時代が見えなかったあの年、中島みゆきは『時代』を唄っていた。

上京すると、ほどなく私は学校へ行かなくなった。私大の付属高校の先生はいばっていたし、生徒はハンパな不良もどきのボンボンばかりだ。話が合わない。

本屋さんの片隅で、「ぴあ」というぺらっと薄い雑誌を見つけた。東京の情報誌だという。映画が安く観られる名画座のスケジュールがびっしり載っていた。地図もある。こりゃ、すごい！

「ぴあ」を片手に、学校をさぼって、名画座をめぐるようになった。

「ぴあ」は上京した私にとって最初の友達になった。いろんなことを教えてくれる。名画座だけじゃなくて、ライブハウスや小劇場やイベントホールや……こいつについていけば、東京の面白いところへどこでも行けた。

私が学校をさぼってばかりいても、同居する兄は何も言わない。両親は遠い故郷にいる。

十五歳で、私は、自由だった。

やっと東京の街にも慣れた。新宿へもよく行っている。歌舞伎町をすいすいと泳ぐように通り抜け、どうしてこんなところで迷ったんだろう？　と首を傾げ、今さらながら苦笑した。

しかし、そんな日々は続かない。

学校から田舎の両親に通報が行ったのだ。息子さんが登校していないと。東京へと飛んできた父は、問答無用で私を殴った。高校へ私を引っぱっていき、これからはちゃんと登校させますんで、どうか息子を堪忍してやっておくんなさい――と担任の教師にぺこぺこ頭を下げる。私はじっとうつむいていた。

夕刻、父と新宿へ出て、食事をした。歌舞伎町の片隅の雑居ビルの二階にある、定食屋のような、居酒屋のような、どうでもいい感じの店だった。店内はすいている。隅っこのテーブルで若い男二人と女一人が突っ伏していた。ビールびんやお銚子が倒れている。男らは髪が長く、サイケ調の柄のシャツを着て、女はバンダナを巻き、奇声を上げて笑う。意味不明のうわごとを呟いていた。

父は若者らを一瞥すると、顔をゆがめ、目をそらす。離れたテーブルに座った。父が焼魚定食を、私がトンカツ定食を注文して、無言のまま差し向かいで食べた。

「ほら、見てみぃ」

食事を終えて、父が言う。店内にはテレビがついていて、ニュース番組が流れていた。画面には、メガネをかけたヒゲの老人が映り、何かぼそぼそとしゃべっている。

「……この……げんしばくだんが、とうかされたことにたいしては……えー、いかんにはおもってますが……えー、こういうせんそうちゅうであることから、どうも、ひろしましみんにたいしては、きのどくではあるが、やむをえないことと、わたくしはおもっています……」

父は目を細め、「陛下や」と言う。

〈天皇陛下、訪米後記者会見〉のテロップが出ていた。

「この御方のために、わしらは軍隊に入って、戦争へ行ったんや」

うっとりした表情で言う。

「上官に殴られたしな、名誉の負傷もしたんやぞ」

父は、片隅のテーブルの若者らをチラ見すると、ふんと鼻を鳴らして、また目をそむけた。

窓の外では、すっかり日が暮れている。

テレビから流れる天皇陛下の訥々としたしゃべり声と、泥酔した若者たちの時折、上げる奇声が、新宿の夜に入り混じっていた。


その後、私がちゃんと学校へ行くことはなかった。ずるずるとまた、さぼり始め、遂にはアパートを出る。高校を中退した。父ももうあきらめたようだ。バイト暮らしで生きていく。新宿近辺が本拠地だ。二十歳と年齢を偽って、いろんな仕事に就いた。一九七〇年代の労働環境なんて、そりゃいい加減なもんだ。

十七歳の時だった。

バイト先のスナックで、中年男の客に声かけられる。話が弾んだ。西園寺さんと名乗り、画家だという。

「ねえ、君、仕事が終わったら、ウチで呑み直さないかい？」

そう誘われ、警戒した。当時の私はひょろっとして、目が大きく、自分で言うのもなんだけど、そこそこもてた。男にも。がらすきの映画館なのに、なぜか隣に男が座って、ふいに手を握られたり、抱きすくめられたりした。

「えっ？　それ、どこの映画館？　いったい何を観たの？」と西園寺さんは訊く。

「えーと、たしか西口の新宿パレスって名画座で、『真夜中のカーボーイ』と『真夜中のパーティー』の二本立てでした」

あちゃー、と西園寺さん。

「そこ有名なソッチ系の人たちのハッテン場で、危険な二本立てだよ〜！」と笑った。

「俺にソッチのほうの趣味はないから」という言葉を信じて、ついていった。大久保駅から十分ほどのアパートだ。焼酎の水割りを出してくれた。つまみはアタリメだ。

西園寺さんは四十歳ぐらいだろうか？　たれ目で蓬髪、やさしげな風貌で、笑みを絶やさない。色のあせたTシャツを着ていた。酔いが廻ると、饒舌になる。芸術、哲学、社会、歴史、政治と博識で、何でも知っていた。

「君はさあ、レニ・リーフェンシュタールって知ってる〜？　この人はすんごいよ〜。大変な、まあ、女性アーティストでね〜……」

やたら語尾を「よ〜」とか伸ばし、すっとんきょうにしゃべる。インテリぶらずに、愛嬌があった。押し入れからキャンバスを取り出してくる。自作の絵を見せてくれた。油絵の風景画だ。細密に描かれてはいたが、それがいいものかどうか、私には判断がつかない。

夜も更けて、アパートに女性が帰ってきた。同棲相手だという。池袋のデパートに勤める二十代半ばの人で、ひどく疲れた顔をしていた。「あっ、どーも」とそっけなく言うと、すぐに隣の三畳間に引っ込んで、彼女は寝てしまう。

その夜、私と西園寺さんは呑み明かした。

すっかり仲良くなった。時折、大久保のアパートを訪ねたが、いつ行っても、西園寺さんはいる。昼間っから呑んでいて、私も一緒に酔っ払った。それから、この世の森羅万象について語り合った。

十七歳の何者でもない自分と、こうして、いつもきちんと向き合ってくれる四十歳の芸術家――ああ、こういう人がいるんだな。この東京には……。

大久保の安アパートが知的刺激に満ちたサロンだった。あれは若き日の私にとって、かけがえのない宝物のような時間だった。半年ほどもそんな二人の関係は続いたろうか？

ある日、大久保のアパートへ行くと、誰もいない。空室になっている。唖然とした。えっ、引っ越すなんてまったく聞いていない。

西園寺さんは忽然と姿を消した。きつねにつままれたような気分だ。

バイト先のスナックのマスターに訊いた。

「西園寺さんって画家のお客さんがいたでしょ、どこへ行ったか知りませんか？」

画家？　とマスターはけげんそうな顔をした。

「西園寺？……ああ、あのオッサンか？　おまえ、なんで知ってんの？」

「ええ、仲良くしてもらって、よく西園寺さんのアパートで呑ませてもらってたんですよ」

マスターは吹き出した。

「画家なんて言ってんの、あいつ？　こりゃ、いいや。あのなあ、あのオヤジ……ヒモだよ」

えっ？

「若い女のとこへ転がり込んで、仕事もしないでぶらぶらして、昼間っから酔っ払ってなあ。女のとこ転々として、だまして食いものにして、まあ、常習犯さ。ありゃ有名なサギ師だぜ。この店でも他の客にたかって、金払わないし、出禁にしたよ」

そんな……。

「おまえも、すごいな。ヒモにたかって、酒呑ませてもらうなんて……ヒモのヒモだなあ、あははははは……」

愕然とした。

そういえば、西園寺さんに連れていってもらった店がある。「ただで呑めるところがあるから」と言って、誘われた。

新宿の大ガードから職安通りのほうへ向かい、路地に入って狭い道をいくつか曲がるとたどり着く。外壁が全部真っ黒で、窓に目張りがしてある。看板がない。ここが店？　マジか？　参ったな。怪しすぎる。とてもフリでは入っていけない。近づいて見ると、黒い木の扉には星形のもようがちりばめられていた。

ギィと扉を開け、西園寺さんについて入る。狭い店内は薄暗い。奥にカウンターがあって、手前にテーブルが一つ、ソファに何人かの人影が揺れていた。ぷんとお香の匂いがする。奇妙なインド音楽のようなものが流れていた。

西園寺さんは奥のカウンターへ私を連れていき、座らせる。

「やあ、社長、これ俺の友達」

カウンターの向こうの店主らしき男に声をかけた。

真っ赤なシャツを着ている。年齢不詳だ。白髪の長髪で、頭頂部がはげ、顔色が青い。頬がそげ、鼻がとがっていて、やせた鳥のような男だった。無表情だ。細い目で、じっと私を見ている。

「……何歳？」

「え、えー……二十歳です」

男は何も言わない。あせった。しばしの間、店主の冷たい瞳に射すくめられる。

「……本当は？　何歳？」

「あ……す、すんません……十七歳です」

観念したように、もらした。

とがった鼻を動かして、小さくうなずき、店主はカウンターに何か飲み物を出してくれた。西園寺さんが、ぽんと私の肩を叩く。どうやら面接に合格したようだ。

冷汗をかき、一気にドリンクを飲みほす。ミントの味がつんとして、アルコールが身にしみた。ただで呑めるのはいいけど、二度と来たくないな。不気味すぎる。それっきりだった。

数か月後、そんな店へ私は一人、意を決して入る。西園寺さんが失踪したのだ。仕方がない。

まっすぐカウンターへ行く。真っ赤なシャツを着た鳥のような男は、相変わらず無表情だった。

「あのー、僕を連れてきてくれた……西園寺さん、知りませんか？　急に消えちゃって……」

男は何も言わない。黙ったままドリンクを作ると、目の前に置いた。

しばらくして、ようやく口を開く。

「……知らない」

やっぱりダメか。私はドリンクを飲んだ。舌を刺す強い味で、視界に火花が散った。何だ、これ？　急速に酔いが廻る。

「ショーネン、こっちで吞もうよ」

背後から肩を叩かれ、ソファへ移った。薄暗い店内に目が慣れると、何人かの顔が見える。ヒゲ、長髪、サングラス、タトゥー、怪しげな大人たちがひそひそ囁いている。細いタバコのようなものを廻して吸っていた。手渡され、私も一服吸ったが、むせて気持ち悪くなる。くらくらした。店内に流れるギターのとんがった音が鼓膜を突き刺す。

もう、いい加減にしろよ、ネコ……ふとった赤ら顔のインディアンのような男が呆れている。い……いいかげん？　て、なにかげん？　ははは……あんたかげん、あたしかげん？　ははは、はははは……すっとんきょうで、声が幼い。女の子だ。ソファの端っこに座っている。肩を露出したピンクのワンピースで、片ひざを立て、汚れたパンツが見えた。長い金髪で、肌が異様に白い。ひどくやせている。不健康だ。ラリっている。笑うと、歯がぼろぼろだった。

ネコ？　ミネコって名前だから、ネコって言うんだよ。こいつ、ウリで食ってるんだよなあ。ウリ？　ああ、おっさんとかと……一回、千円だっけ？　食ってるったって、クスリばっかだけどよー。ショーネンより若いんじゃないの……えっ、十五歳？　まさか中学生⁉　ほんとか、ネコ？　知らないよ、忘れまちた〜……トシなんて。あたち、バカだから。十以上、数えらんないから〜……おまえ臭いぞ、いい加減、風呂入れよ……やでちゅ〜、ネコはお風呂にはいりまちぇん〜……。

声の断片が次々と耳に突き刺さってくる。めまいがする。目の前が明滅して揺れている。酔っているのか？　さっき呑んだ強烈なドリンクのせい？　いや、あの細いタバコのようなの？　ふるえが止まらない。落ちる。消える。意識が飛びそうだ。

でぶのインディアンが奇声を上げて、ギターが高鳴り、ドラムの音が響きわたった。ネコがテーブルの上に飛び乗る。音楽に合わせて踊る。次々と服を脱ぎ捨てる。男たちは口笛を吹き、足を踏み鳴らし、歓声を上げた。少女の裸体は貧相だ。鳥がらみたい。痛々しい。見ちゃいられない。なあ、ショーネン、おまえも踊れよ……拒否したが、男たちに捕まって、服をはぎ取られる。無理矢理、テーブルに乗せられた。ああ、気持ち悪い。もう、嫌だ。もう、どうでもいい。裸でテーブルの上で、ネコにしがみつかれた。こりゃ、いいや、チャイルドポルノだな……インディアンが笑う。少女の細い腕が首に巻きついて、顔が近づき、ぺろりと鼻をなめられた。鳥肌が立った。ああ……ああ、もうダメだ。落ちる。落ちる。真っ暗な闇の底へと、落ちていった。


寒い。冷たい。目を覚ますと、道端に寝ていた。ああ……裸じゃない。大丈夫だ。一応、服は着ている。新宿の路地裏だった。頭上には、夜明け前のダークブルーの空が……。

横を向くと、金色が見えた。長い金髪が寝ている。ネコだった。手脚も顔も汚れている。ピンクのワンピースがはだけていた。道端に捨てられた人形みたいだ。

ひどいな。あいつら。子供をもてあそんで、こうして放り捨てていったのか……。

身を起こし、少女の肩に手をかけ、揺さぶった。おい、大丈夫か？　風邪ひくぞ。反応はない。

仰向けのまま、長いまつ毛を伏せている。生きてるんだろうなあ？　しばらく、そうしていた。路上に並んで、寝ていた。誰もいない。しんとしている。

んー、とうなり声がした。ぱっとネコが目を開けた。大きな瞳だった。異様に澄んでいる。道端に落ちた宝石のようだ。

夜明けの新宿の空が、少女の瞳にくっきりと映っていた。

十七歳、無職。時々、バイト。

いつも新宿にいた。路地裏を這い廻っていた。終電を逃すと、オールナイトの映画館や、深夜喫茶へ行った。珈琲貴族や王城やパリジェンヌや、どうして真夜中の新宿の喫茶店はみな高貴な名前をしているんだろう？

「お客さまのキムさま〜、キムさま〜、リーさまからお電話が入っております〜」

そんなアナウンスがしょっちゅう流れる。客は人相の悪い男と、ケバいお姉ちゃんばかり。ヤクザ同士の発砲事件があったとかで、店員の態度はみんなよかった。というか、客を恐れていたのか？　じゅうたん（絨緞）バーならぬ、じゅうだん（銃弾）喫茶と呼んでいた。

真夜中の新宿で、一人、補導員やヤクザから逃げ廻っていた。金が無いと、公園のベンチで寝た。路上で寝たこともあった。そう、ネコとの時みたいに。目を覚ますと、朝の光がまぶしい。新宿の朝は美しい——と言った詩人がいる。冗談じゃない。歌舞伎町なんてひどいもんだ。道端はゴミだらけで、カラスの群れが突っついている。ネズミが走り廻る。立ち小便や、酔っ払いの嘔吐物でまみれている。夜の闇とネオンで虚飾にいろどられていた街は、朝の光で醜い正体を暴かれる。化粧の濃い夜の女が、陽の光で無惨に老いた素顔をさらされるように。

新宿の朝は残酷だ。夜はやさしい。

なんとか起き上がって、新宿駅へと向かう。始発電車に乗るために。健康な朝の顔をしたサラリーマンやＯＬが駅からいっぱい出てくる。その人群れの流れに逆らって、私一人が駅へと向かう。夜を引きずったまま。

同じ新宿の朝でもまったく違う。奴らにとっちゃ午前六時でも、私には三〇時だ。同じ場所ですれ違っても、違う時間を生きている。十七歳の私の体を流れる血液は、新宿の夜の精分によって汚染されていた。

誰かの視線を感じる。じっと見ている。何者でもない私を。汚れた顔をしたこの小僧を。西口の地下道だった。壁に埋め込まれた巨大なガラスのオブジェだ。目の形をしていて、光り、どういう仕組みか瞳の中心がくるくると回転している。

〝新宿の目〟と記されていた。

へえ、新宿は一つ目なのかい？　私は近寄って見た。見つめ返した。〝新宿の目〟を。

それとも、もう一つの目は、どこかにあるのか？　地上に？　あるいは、片目をつむっていて、ここではない、どこか別の場所の夢でも見ているのだろうか？

〝新宿の目〟は何も答えない。ガラスの瞳をくるくると回転させて、ただ、じっと私を見つめているだけだ。


「さっぱり、わけがわからなかったですよ」

画家の西園寺さんと話したことがある。名画座でフランス映画を観た後だ。『彼女について私が知っている二、三の事柄』という奇妙なタイトルだった。

うーん、と頭をかいた後、「彼女って誰かわかる？」と西園寺さんは訊く。

あのー、映画に出てきた主婦の売春婦でしょ？

「違うよ～」

えっ？

「……パリのことさ」

絶句した。

「パリは女性名詞なんだよ。つまりさ、パリって……娼婦なんだ」

知らなかった。街にも性別があるなんて。

すると、どうだろう。

新宿は――。

男だろうか、女だろうか？

終電を逃して、また取り残された。ポケットを探ったけど、金は無い。映画館へも深夜喫茶へも行けやしない。ああ、また路上で寝るのか……。

ぽつ、ぽつ、と水滴が当たる。雨が降り出した。雨足が強くなり、すぐにどしゃ降りになる。私は駆け出した。軒先へと避難する。

扉が開いた。

「おい、ここは雨宿りの場所じゃねーぞ。シッ、シッ、失《う》せろ、野良犬野郎！」

恐い顔のオヤジに怒鳴りつけられる。私は逃げ出した。たちまち、ずぶ濡れだ。ビニール傘も買えない。道端に捨てられた傘を探したが、見つからなかった。

たった一人だ。

ここには……私の場所なんか無いんだ。

びしょ濡れになって、道の端っこにしゃがみ込み、ひざを抱えてふるえていた。

「まあ」

女の声がした。赤いハイヒールが見える。顔を上げると、赤いコートと、赤いくちびるが、にじんでいる。女は、濡れた私の髪をなぜた。

タクシーを止めて、後部座席へと引っぱっていく。ぷんと香水の匂いがした。どれほど走っただろうか？　車から降りて、鉄の階段を引きずられるようにして昇り、女の部屋へと入った。バスタオルをもらって、頭を拭いたが、ぼうっとする。ベッドの上に倒れた。

「まあ……ダメよ」

女は、濡れた私の服を脱がせる。裸になった。女もまた裸だ。抱き締められた。やわらかくて、あたたかい。ああ、これが女か。名前も知らない女の肌か。

初体験だった。男になったとか、女を知ったとか、言うのかな？　道端でひろわれて。まるで野良犬みたいに。

あの女は……新宿だったんじゃないか。

パリが女であるように。

私は新宿と寝たんだ。

ぼうっとした頭で、そんなことを考えていた。

十八歳になり、十九歳になった。私も成長したが、新宿の街も変貌していった。

ディスコブームが起こり、週末の夜には若者たちが大挙して押し寄せる。サタデーナイト・フィーバー！　とかなんとか騒いでいた。かつての学生運動やヒッピーくずれのような汚れた連中ではない。みんなキラキラ、チャラチャラと着飾っていた。時代が街を消毒し、若者を清潔にする。夜の学園祭みたいだった。歌舞伎町のコマ劇場前、広場にある噴水には、真夜中に酔っ払った大学生たちが奇声を上げて何人も飛び込んだ。

そんな様を、ディスコのボーイのバイト帰り、疲れきった私は冷ややかに見つめていた。

この街も変わったな。かげりのある暗い女が、急に光を浴びて、脳天気に明るい表情を身につけたように。

インベーダーゲームのテーブルを何十台も並べた喫茶店やゲームセンターが次々できて、百円玉を積み上げて遊ぶ子供らがいた。モニターの光に無表情な顔を照らされていた。そう、歌舞伎町インベーダーズの群れ！

電子音が鳴りやまず、やがて、それはテクノポップのピコピコ音へと変調する。風営法なんてまだない。子供たちは夜になっても遊び続けた。

〈チチ　キトク　スグニレンラク　コウ〉

高円寺のアパートに電報が届いた。

父は大阪の病院に入院している。がん治療で有名な病院だと知らされた。

末期の肺がんなんや、父ちゃんにはな、告知しとらん……と母は苦しそうに言う。私が知らされたのは、もう父がほとんど動けなくなった頃である。

新幹線に飛び乗って、大阪へと向かう。

病室に入ると、暗い。ブラインドが降ろされていた。不吉な影に、目を凝らす。父は寝ていた。酸素吸入器で口をふさがれ、体中に管がつながれている。そばへ行き、覗き込むと、やせこけ、干からびていた。別人のようだ。あのぎょろりとした目の赤ら顔、壮健なおやじではなかった。母にうながされ、手を握った。かつて私を殴った父の手を。冷たく、ぐったりとして、力がない。愕然とした。

これはもう、ぬけがらだ。

ほどなく、息を引き取った。五十四歳だ。こんなもんか。あまりにも、あっけない。

涙は出なかった。どう受けとめていいか、わからない。頭の中が真っ白だ。

十九歳だった。

父の死を想う時、いまだ病院での最期の光景が浮かばない。

新宿駅のホームでヘルメットの若者らの群れに埋もれ、一人ぽつんと立ちつくしていた、その姿ばかりが甦ってくる。

ああ、そうだった。既にあの時、私は父を見失っていたのだ。

新宿で——。

このあたりで私と新宿との親密な関係は終わる。

二十歳になった。

それが何か影響があるのだろうか？　もちろん、その後も新宿へ行くことはあった。だが、昔のような気持ちにはならない。もう、特別な場所ではなかった。そこにあるのは、何の変哲もない繁華街の一つにすぎない。

かつて私が十五歳で迷い込んだ魔窟、私を恐れさせ、踏みにじり、路上に寝かせ、犯した……悪い女のような妖しい街は、もはやどこにも存在しない。

時折、思う。

よく私のような男が生きてこられたものだ。こんな都市《まち》で。いつしか文章を書く仕事に就いていた。東京でなければ、ありえなかったことだろうな。二十歳で初めて原稿料をもらった。

ずっと中央線沿線のアパートに住んでいたが、がらりと行動範囲が変わった。新宿駅では降りずに、通り過ぎる。出版社のある街へと行った。

一九八〇年代に入って、明らかに風向きが変わる。闇が消え、湿度が失せて、空気が乾き、光を帯びた。何の間違いだろうか？　私はいささか脚光を浴びて、〝新人類の旗手〟と呼ばれる。

二十五歳だった。

取材が殺到して、テレビ局を飛び廻る。西麻布のカフェバーとやらで、毎夜、カタカナ職業系ギョーカイ人らと遊び廻る。

「お〜、君が中野秋夫くんか？」

「新人類の？」

「チェッカーズのフミヤに似てるじゃん！」

「こないだＮＨＫの『ＹＯＵ』に出てるの、見たよ」

笑っちゃうね。新人類？　新時代の若者代表？　はっ、ついこないだまで新宿の道端で寝ていたこの俺が！

まあ、いいや。せいぜい時代の風に乗って、凧《たこ》みたいに舞い上がって、メディアの表層で浮かれ踊っているさ。

スーツを着た社長の息子らボンボンと高級車に乗り、夜の東京をクルージング！　突然、ボンボンが「うっ」とうめいてハンカチを取り出し、口を覆った。大ガードを抜け、靖国通り、歌舞伎町のゲートが見えてくる。

「……新宿だ。うえっ、気持ち悪い。ボク、ここダメなんだよ。汚くって、臭い〜。勘弁してくれ。新宿の空気、吸いたくない……」

ぎょっとした。えっ、そうか、新宿は臭かったのか！　俺はずっとこの汚くて臭い街で生きてきたんだ。

かつて私は、新宿で寝た。新宿と寝た。

ああ、自分の体には新宿の悪臭が染みついている。車窓の向こう側に広がる、歌舞伎町のけばけばしいネオンを見つめ、ため息をついた。

「絶対にやめたほうがいい！」

周りの編集者やライター仲間は、みんなそう言った。「平凡パンチ」から対談の依頼があったのだ。相手はひと廻り歳上の作家である。百キロ以上の巨漢でコワもて、酒場で同業作家や編集者を殴ったり、夫婦げんかで冷蔵庫をぶん投げたり⁉　と暴力的な伝説は数知れず……びびった。

「おまえ、絶対に殴られるぞ！」

さんざん脅された。

それでも引き受けたのは、その作家の本を読んでいたからである。十代の頃、家出して転がり込んだアパートの本棚で見つけた。巨漢作家の風貌に似合わず、文章は繊細で美しい。心に残った。

「へぇ、家出先で俺の小説をねぇ……」

目の前の男は微笑んでいた。赤坂の料亭の個室だ。

「全共闘世代の武闘派作家と新人類の旗手の対談です」とかなんとか、司会の編集者は口上を述べている。

男は早々と酒に酔い、目もうつろだ。殴られるんじゃないか、と私はびくびくしていた。自分の生まれ故郷のことをぼそぼそしゃべる。

「お～、三重出身なの？　俺は隣の和歌山だよ」

笑うと、ゾウのように目が小さくなった。

乏しい読書体験を私は語る。

「へぇ、なかなかわかってるじゃないか、おい。おまえは小説を書けるよ。書ける。絶対。来いよ、文学へ！」

マジか。〝文学〟なんて真顔で口にする男と初めて会った。苦笑した。内心。でも、顔には出さない。

「気に入った。もう一軒、行こう！」

対談を終えて、河岸《かし》を変えることになった。タクシーの後部座席に並んで座る。ふいに男が私の手を握った。酒臭い息で耳許で囁いている。

「おい、どうだ……『文學界』新人賞、獲るか？」

えっ、何を言っているか、わからない。返答に窮した。

「俺が……獲らせてやろうか？」

男は文芸誌の新人賞の選考委員を務めているという。

私は身を堅くした。少年時代、映画館の暗闇で見知らぬ男に手を握られたり、抱きすくめられたりした時の記憶が甦ってくる。

〝文学〟をやるには……この男と寝なければならないのか？

身が震えた。

「い、いや……遠慮します」

蚊の鳴くような声でやっと言う。

ちっ、と男は舌打ちし、それから笑った。

顔をそむけ、私は車窓を見つめる。まぶしい。夜のネオンが見えてきた。新宿だ。

ゴールデン街の入口で車を降りる。男は風を切って、夜の新宿の街を歩いてゆく。その背中が大きい。路地裏で男と並んで立つ姿を同行のカメラマンに撮られた。愚連隊の兄貴分とその舎弟——といった風情だ。

その夜は何軒かハシゴして、したたか酔った。最後は新宿三丁目のはずれにある薄暗い店だ。文壇バーだという。

男がその店へ入っていくと、「おっ」と声が上がり、店内の空気がぴりっとする。男は周囲をにらみつけた。

あら、とカウンターの向こうのママらしき女が笑っている。

何を話したか、あまり覚えていない。したたか呑んで、酔っ払った。店を出ると、もう外は明るい。

夜明けの新宿の路上で、別れた。別れ際に、じっと私の目を見つめ、男は言った。

「文学をやれよ、文学を！」

その後、私が〝文学〟をやることはなかった。男の指令で派遣されてきた何人もの文芸編集者の小説執筆の依頼を、すべて断った。

小説だって？　はっ、冗談じゃない。そんなのとても書けないし、書くヒマだってないよ。鼻で笑っていた。

何度か男に呼び出され、新宿のバーで呑んだ。が、やがて気まずくなって、もう会わなくなる。真夜中、留守番電話に酔っ払った男の声で、メッセージが入っていた。意味不明のつぶやきが、怒鳴り声になり、最後は涙声に変わっている。

数年後、男の訃報を聞いた。四十六歳だという。早いな。うちの父親よりずっと若く逝っちまった。まあ、あれだけ毎晩、めちゃめちゃやってたら、そりゃそうなるか。通夜も葬式も行かなかった。

「文学をやれよ、文学を！」

男の声を思い出して、時折、胸が痛んだ。笑ったら無くなってしまうゾウのような目をしていた。結局、殴られなかった。私には一貫してやさしかった。真夜中の新宿を肩で風を切って歩く、大きな、大きな背中の男だった。

ある朝、起きて、洗面所へと行く。

ぎょろっとした目で、赤ら顔の男がそこにいた。

父だ。

いや、鏡に映った自分の顔だった。愕然とする。ああ、おやじの死んだ歳を越してしまった。

いつの間にか。

上京して四十数年が過ぎた。結婚もせず、子供もいない。いまだに一人暮らしだ。十代の頃と何も変わらない。なんてこった。もう、五十代も終わろうとしているのに……。

鏡に映った父とよく似た男に、話しかける。

「とうとう父親になれなかったな。なあ、おまえの人生って、何だったんだよ?」

今夜も呑んだ。新宿のバーで。そう、三十数年前、あの男が連れてきてくれた店だ。

結局、〝文学〟はやらなかった。いまだフリーライターだ。作家とどう違うって? 作家は「家を作る」と書くけど、ライターは作れない。借りるだけだ。

〝借家《しゃっか》〟と呼んでみようか?

「ごめんよ」

ぽつりと言って、小柄な老人が入ってきた。黒いハットをかぶり、白い手袋をつけている。

東部進先生だ。

久しぶりだな。この店では随分と顔を見ていない。

かつて深夜の生討論番組によく出ていた。舌鋒するどい論客だった。六〇年安保の闘士とやらで「東部さんは、あの樺美智子《かんばみちこ》の恋人だったとも言われていますが……」と司会者が水を向けると、血相が変わり、「馬鹿野郎、嘘を言うな!」と怒鳴りつけて退席してしまった。普段は温厚な老紳士だが、時折、カッとなってぶちきれる。

十年ほど前、週刊誌の編集者と呑んでいた。結婚間近の男だ。おめでとう、と言うと、首を傾げる。

「おめでたい……かな？　結婚なんてさ、まあ、合法的売春みたいなもんだから」

半笑いで編集者がそう言うと、「えっ？」と隣席から声がした。東部進先生だ。我々の会話を小耳にはさんだらしい。けわしい表情をしている。

「何を言うんだ、おまえさん。一人の女を本気で愛することもできない男が、編集者なんかできるのか！」

一喝した。

うわっ、かっこいい、東部ススムだ……と目を見張った。

ちょうどその後、「こんな店、二度と来てやるか！」とぶちきれて、東部先生が出ていったという。「いったい何を怒ってらっしゃるのか、わからないのよ」とママも困惑顔だ。実際、それから十年ほども東部先生は件のバーに顔を出さなかった。

それが突如、「ごめんよ」と帰ってきたわけである。ママも目を丸くしていた。

東部先生はテーブル席に着いて、遅れて数人の客が入ってくる。〝取り巻き〟たちだった。先生は寂しがり屋で、毎夜、何人も〝取り巻き〟を引き連れて、呑み歩く。その様を、ひそかに私は〝東部進一座〟と呼んでいた。

「おい、そこのお兄さん、こっちへ来て一緒に呑まないかい？」

先生に喚ばれて、私はテーブル席へと移る。隅っこに腰掛け、水割りをもらった。

あのねえ、ボク、その時、こう思ったわけさあ……と先生は上機嫌で語っている。名調子だ。

あっ、それ語源はねえ、ラテン語で言うと――と博識が出る。

いい顔になったな、と思った。私より二十歳上だから七十代後半のはずだ。かつてはロマンスグレーに銀ぶちメガネでインテリ然としていたが、今ではメガネをはずし、つるんとはげてヒゲは白く、老賢者の風貌である。

時折、冗談を言うと、ぺろっと舌を出し、茶目っけをふりまく。かわいい。どこか少年のようだ。

ママ、ボク、薄ーいの……と親指と人さし指でつまむように示して、薄い水割りをちびちびと飲む。興が乗って、突如、唄い出した。三橋美智也に美空ひばり、それから民謡だ。

〽沖のカモメ～と～、飛行機乗りは～、どこで散るやらね～、はてるや～ら～……。

『ダンチョネ節』を上機嫌でうなっていた。

「さて、次の店へ行こうか」

先生が腰を上げる。じっとこちらを見て「さ、あなたも」と言われ、つき従った。

その夜から私は東部進一座の一員に加えられたのだ。

夜七時頃、携帯が鳴る。

「中野さんでいらっしゃいますか？　あのー、東部先生がこれから出てこられないかとおっしゃっておりまして……」

先生はシャイで直接、自分から電話をかけてこない。小山田さんというテレビ局の社員がいつも連絡をくれた。小山田さんは先生のトーク番組の担当者で、いわば東部進一座の番頭だ。毎夜、先生のお供をしていた。

新宿五丁目、三光町の交差点地下のワインバーへと駆けつける。先生は既にテーブル席に着いていた。白ワインだろうか？　グラスを片手に、なんと目の前に寿司盛りがある。

「あのねえ、実はこの店は寿司が美味いんだ。バーテンさんが寿司の職人でさあ……」

私もワインと寿司をもらった。

その後、ぽつぽつと座員たちが集まる。メンバーがそろうと「さあ、行こうか」と先生は立ち上がった。

黒いハットに白い手袋の小柄な東部先生が、一座を引き連れ、意気揚々と夜の新宿の路地を闊歩する姿は、何かに似ている。ああ、そうだ、ミッキーマウスだ！　ディズニーランドのパレードの。そう言うと、アメリカ嫌いの先生は苦笑した。先生はアメリカ人をアメ公、日本人をジャパ公と呼んだりもした。

例の文壇バーを起点として、毎夜、先生が呑み歩く範囲は限られている。新宿の二丁目、三丁目、五丁目、もっとも遠くてゴールデン街のあたりだ。さすがに高齢の先生は、夜更けには足取りがおぼつかなくなる。時折、私は肩を貸し、腕を取った。それでもダンディズムなのか、決して杖をつくことはしない。

白い手袋をつけているのは、重度の神経痛だそうで、指先が痛いという。手袋の両てのひらでグラスをはさんで持ち、薄い水割りをちびちびなめる。その姿は、さすがにお歳だなあ、と思うものの、頭脳のほうは至って明晰だ。弁舌さわやかに淀みなくしゃべる。そのまま書き起こせば立派な原稿になり、毎夜、酒場で一冊の本を口述しているような案配だった。

二軒目、三軒目となり、午前二時、三時、四時となる。取り巻きたちはウトウトし、テーブルに突っ伏してグースカ眠っている者もいる。しかし、先生は居眠りすら絶対にしない。ひたすら明晰に語り続け、やがて唄い出す。なんと朝まで。それが毎夜なのだ。

とても七十代後半の老人とは思えない。猛烈な知力と気力と体力だ。バーのママは「東部先生は、ある種のホルモン異常だから」とあきれていた。

一座のメンバーは、そのつど変わる。映画監督や映画評論家や、けっこう映画人が多い。歌の師匠というおばさんが参加して、先生と一緒に唄ったりもする。先生が世話をした年下の論客たちは、絶交したり、離反したりしていた。なかなかに難しい人なのだ。

呑み屋の女性に「お嬢さん」とやさしく話しかけていたかと思うと、相手が少しでも気に触る態度を取れば、「うるさい、このバカ!」と突如、ぶちきれる。たまったもんじゃない。何軒かの店で出禁になったとも聞いた。

娘のサワコさんが同伴されることもある。高齢の父の体を心配してか、サワコさんは早々とタクシーを喚んだ。「お父さん、もう帰りましょう」「ちょっと待て、もう一杯、これ呑むまで」とねばる。「も〜、お父さん、外で車が待っているんだから」「うるさい、サワコ！　おまえだけ帰れ‼」。結局、朝までになる。

夜も更け、一人減り、二人減り、一座のメンバーが離脱してゆく。あとはみんなテーブルに突っ伏して眠っていた。気がつくと、目覚めているのは、東部先生と私だけだ。

「中野くん」

ふいに先生が私の目を見た。なんだか神妙な顔をしている。

「あのね、ボク……死のうと思うんだ」

えっ？

「自殺する。もうすぐ」

絶句した。

「本気だよ、拳銃だって手に入れようとしたんだ。ヤクザの知り合いに頼んでね。けどな〜、拳銃だと、ほら……」

人さし指を頭に突きつける。

「吹っ飛ぶ？　脳ミソがさ。あんまりみっともいいもんじゃないよなあ。それに後始末する人も大変でしょう」

そこまで考えているのか？

「青酸カリにするか、首吊りかなあ」

どう言ったらいいか、わからない。

先生は奇妙な微笑を浮かべていた。

後にそれは先生の十八番《おはこ》、口癖だとわかる。酔いが廻ると、やたら「死ぬ、死ぬ」ともらすのだ。「また、先生の死ぬ死ぬ病が始まった」「死んだって、すぐに生き返りますよ。先生はお元気なんだから」。座員たちも、もう慣れたものである。

「妻を亡くして、この世に未練がなくなったんだ」と先生は言う。それから毎夜、呑み歩くようになったらしい。「体が動かなくなって、病院で管につながれて死ぬのだけはごめんだね」。はっとした。父の最期の姿が、脳裏に甦ってくる。


一座の番頭の小山田さんは、いつもネクタイとスーツ姿だ。酒場では口数少なく片隅で、常に穏やかに微笑んでいた。

「小山田くんはね、こう見えて、なかなかに気性の激しい人なんだ」

先生は言う。なんでも上司とケンカして、頭突きを食らわせ、ノックアウトした。大問題になった時、会社に乗り込んでいって、上役を説き伏せ、収拾したのが先生だったという。

「頭のいい奴はいっぱいいる。でも、ボクの周りで頭が強いのは、小山田くんだけだ」と笑った。

小山田さんも恥ずかしそうに微笑んでいる。

新宿二丁目の地下にあるピアノ・バーだった。映画人らが集うその店で、夜が更けて、先生と小山田さんと私の三人が残る。閉店時間はとっくに過ぎていた。先生と親しいバーテンが気を使って無理に開けてくれている。そのバーテンもカウンターの向こうで立ったまま寝ていた。

やっと先生の気力と体力も尽きて、店を出る。泥酔してふらつく先生を、小山田さんと私が両脇で支え、地下から階段を登る。

まぶしい。光が射し込んでくる。先生が目を細めた。

冷気の漂う路上に三人は立つ。

無言のまま、じっと夜明けの空を見つめていた。

最初は週に一度の誘いだった。それが二度になり、三度となる。私は東部先生の誘いは断らず、中座せず、必ず朝までつき合った。大したことは言えない、さえない、無学な私をよく喚んでくれたのは、そうしたつき合いのよさが重宝されたのかもしれない。

しかし、夜に会って、朝まで、半日近くもご一緒して、やっと解放され、家に帰り、倒れるようにして寝て、目が覚めて、しばらくすると、すぐにまたお誘いの電話がある。シャワーを浴びて、慌てて私は駆けつける。そうして、また朝までご一緒して……。

エンドレスだ。気がつくと、週の半分近くは先生と一緒にいた。しかも、その間、ずっと酒を呑んでいる。いつも酔っていた。シラフの時のほうが少ない。半年も保《も》たず、体にガタがきた。私も、もう若くはない。風邪をひいて、なかなか治らず、咳が止まらない。免疫力が極端に低下していた。身が震える。ああ、このままじゃ、確実にくたばるな……。

それでも私は誘いを断らない。断れない。先生には魔力があった。その不思議な力に捕われていた。毎夜、吸い寄せられるようにして新宿へと飛んでゆく。どんなに体調不良で、疲れきっていても……。

「おう、中野くん、よく来てくれたな。さあ、呑もう、呑もう！」

先生の笑顔を見ると、ぱっと気持ちが晴れた。

懇意にしている小劇団の公演を観にいった。打ち上げに流れる。居酒屋で隣席の女子は豪快に呑み、ひとり、大声で唄っていた。

〽晴れた空、そよぐ風、港出船のドラの音、愉し……。

古い歌を次々と唄う。気持ちよさそうに。二十歳の女優だという。乾杯した。話が弾んだ。

携帯が鳴った。先生からのお誘いである。

あっと思った。よし、この娘を連れていこう。タクシーに同乗して、新宿へと駆けつける。

例の文壇バーのカウンターで先生は待っていた。私が女の子連れで現れたのを見て、おっ、と目を丸くしている。女子を先生の隣席に座らせた。二人は意気投合し、すぐに一緒に唄い出す。

〽リンゴ〜の〜、花びらが〜、風に〜、散ったよな〜……。

気持ちよさそうだ。周りは手拍子した。次々と古い歌を合唱した。

二軒目は二丁目のピアノ・バーだ。上機嫌だった先生が、何の拍子か急にムッとする。よくあることだった。それから、いつもの「死ぬ、死ぬ」が始まった。

何が女優だ！　なんでこんな女を連れてくるんだ……突然、女の子をなじり出す。

「えっ、あたしが何か失礼なこと言いましたか？」

女子も負けてはいない。キッとした目で先生をにらみつけ、言い合いになった。

「さっきからずっと、死ぬ、死ぬ、死ぬって……そんなに死にたかったら、さっさと死ねよ！　このジジイ」

「何をーっ、もう、帰れ！」

割って入って、私は「帰ろう」と女子を外へと連れ出す。

「馬鹿野郎！　おまえも、帰れ、帰れ!!」

罵声を投げつけられた。ずっと私にやさしかった先生の初めての叱責である。

こうして私は東部進一座を退団した。

助かった。女子に感謝する。彼女は私を救ってくれた……天使なのだ。私一人では、絶対に先生の魔力から逃れられなかった。あのままだったら、確実にくたばっていたことだろう。そう、平成の次の元号も知らないうちに……。

一年が過ぎた。

時折、新宿の文壇バーで先生の御一行と遭遇したが、私は目礼するだけだ。一座の輪には入らない。先生は寂しそうな顔をしていた。

小山田さんから何度も携帯に電話があったが、もう出ない。やがて諦めたように、ぷつりと連絡はなくなった。

年が明けて、ひときわ寒い夜だった。その夜も私は呑んでいた。新宿のバーで。午前三時を過ぎて、店を出る。なんだか気持ちがすぐれない。不思議な胸騒ぎがした。このまま帰りたくない。四谷三丁目の中華居酒屋へ行こう。この時間に開いているのは、あそこぐらいだ。暗い夜道を寒さに震えながら三十分近くも歩いた。

店に入ると、奥の席が騒がしい。懐かしい声が聞こえる。先生だ。一座で宴会を開いていた。そっと後ろへ廻って、近づき、先生の肩をつかんだ。

お〜、と声を上げ、私の顔を見て、先生は目を丸くする。そうして、すぐに笑った。あの魔力的な笑顔だ。

隣席に招き入れられ、紹興酒が出た。

「この店は初めて入ったんだ。この時間に開いているところを小山田くんが調べてくれてね」

先生は言う。

「でも、中野くん、どうしてボクがここにいるとわかったの？」

私は応じた。

「そりゃ、もちろん東部先生に呼ばれたから。先生の電波をキャッチして、来たんですよ」

また、うれしそうに先生は笑う。

そうして朝まで呑んだ。かつてのように。

店を出て、夜明けの新宿通り。別れ際、先生の肩を軽く抱いた。

それが最後だった。

四日後、先生は自死を遂げる。

多摩川に入水したという。


東京に大雪が降った。

北国生まれの先生のせいだな、と思った。

携帯電話が鳴って、発信元に「小山田」とある。一瞬、ためらい、思いきって出た。

「……もう、ご存じのことと思います。通夜も葬儀もやりません。先生の遺言です。ただ、ごく親しい方々にだけお声かけしています。斎場へ来て、先生のお顔を見ていただきたいんです」

とっさに言葉が出なかった。

「……中野さん、お願いしますよ！」

電話の声が、あまりにも決然として切迫性を帯びたものだったので、断れない。

雪道に足を取られ、幡ヶ谷の斎場へと行った。一年に一度も締めないネクタイを締めて。

小山田さんが出迎えてくれた。満面に笑みを浮かべている。意外だった。きっと憔悴しきって、泣き腫らしているものと思ったのに。あれほど尊敬し、慕って、毎夜、付き添っていた最愛の先生が亡くなったのだから……。

「どうぞ、見てやってください」

ご遺体のほうへと私を招く。

棺の中に東部先生はいた。花に囲まれ、目をつむっている。ああ、酒場では絶対に眠らなかった先生の寝顔を、初めて見た。

なんて美しい男の顔だろう！

かっこよすぎるよ、最後まで、先生。

今にも目を開け、起き上がりそうだ。

「……なんだい、中野くん。ネクタイなんか締めて、似合わないぜ。さあ、これから新宿へ行って、一緒に呑もうよ……」

そんな声が聞こえてきそうだ。目頭が熱くなった。父が死んだ時にも、涙が出なかったのに……。

親しい人たちが棺を取り囲んでいる。

着物姿の女性が、そばに立った。歌の師匠だ。「先生のご遺言です」と告げると、朗々と唄い出した。

〽俺が死ぬと〜き〜、ハンカチふって、友よ彼女よネ、さようなら〜、ダンチョネ……。

胸に沁みた。

目を閉じて、じっと先生は歌を聞いている。

偉大な人だった。時代の旗手であり、超インテリだ。東大教授の座を捨て、総理大臣さえ指南した。大知識人だった。

だけど……。

だから、毎夜、つき合ったわけじゃない……と気づいた。

ああ、私はあなたが大好きだった。

さようなら、先生。

朝、ノックの音に目が覚めた。ドアを開けると、見知らぬ男が立っている。黒い手帳を見せられた。

〈警視庁刑事部捜査第一課　殺人犯捜査第1係　警部補〉

名刺の肩書に目を見張る。

ここじゃなんですから、とマンションを出た。近くの駐車場に停められた黒塗りの車の後部座席に並んで座る。運転席のもう一人の男は、片耳にイヤホンを差していた。

「……東部進さんの件です。もう、ご存じのように、多摩川の橋からロープで体を縛って入水しているのが見つかりました。東部さんは重度の神経痛で、手先が不自由だった。とても、ご自分でロープを縛られたとは考えられません……」

えっ？

隣席の男は、鋭い目つきで、じっと私の顔を見つめている。

「ええ、誰か自殺を幇助した者がいると思われます……」

衝撃が走った。ああ、そうか、私は疑われているのか？

震える声で、その夜のアリバイを話した。男は鋭い目つきのままで、手帳にメモを取っている。

その後、いろいろ訊かれたが、大したことは話せなかった。

取り調べが終わった、そう思われた頃、ふいに私の口が開く。

「失礼ですが、ところで、あなたは……先生のご著書をお読みになったことは、ありますか？」

えっ、と男は意表を突かれた顔をした。

「……いや、すみません、読んでおりません」

それから言った。

「あのー……何を読んだら、よろしいでしょうか？」

私は何冊かの書名を挙げた。

男は神妙な顔をしてメモを取っている。

運転席のもう一人の男の耳のイヤホンが、微かに揺れていた。


数日後、テレビを見ていたら、ニュース速報のテロップが出た。

〈東部進氏、自殺幇助の容疑で在京テレビ局の男を逮捕〉

……ああ、小山田さんだ。すぐにわかった。考えないではなかった。しかし、考えたくはない。即座に頭の中で打ち消していた。

そう、東部先生が最後に頼れる相手といえば、彼しかいない。小山田さんは、先生の最後の願いを叶えたのだ。それが罪に問われることを充分に知りながら。きっと後悔はないだろう。

そう思えば、斎場でのあの満面の笑みの意味が、今、ようやくわかる。あの笑顔は、誇りに満ちたものだった。

私だったら、どうだったろう？　そう考えてみる。もし、東部先生に頼まれたら……いや、とてもできない。絶対に無理だ。

逆に、先生の立場となったら？　私に小山田さんのような最後の望みを叶えてくれる人がいるだろうか？　いるはずがない。

目を閉じると、空が見えた。

先生と小山田さんと私と、三人で幾度も呑み明かした。朝を迎えた。

とても私には断罪できない。

同じ新宿の夜明けの空を、一緒に見た者として……。


やりきれなくなって、行くところといえば、どこだろう。

あそこしかない。

バーの扉を開くと、笑顔が目に飛び込んできた。先生が笑っている。

カウンターの隅っこにモノクロの写真が立てかけられていた。その前に小さなグラスが置かれ、薄ーい水割りがある。

私も水割りをもらって、献杯した。

写真の中の先生の、あの魔力的な笑顔に向かって。

その夜は、しこたま呑んだ。酔っ払った。

もう、二度と先生と呑むことはない。

たった一人だ。

そう、この街で自分は……。

真夜中に店を出て、ふらふらとした足取りで歩く。暗い裏通りを。四谷四丁目のマンションに向かって。歩いて十五分だ。

ああ、とうとう逃れられなかったな。

新宿の引力から。

ずっとここから離れようとしていたのに。

十五歳で上京して、歌舞伎町で迷子になった。あの時から何も変わっていない。今でも自分は迷子のままだ。永遠の迷子だ。私はいったいどこへ向かって歩いているのか？

この街で父を見失った。

暗闇の向こうに、いくつもの顔が浮かび上がる。

画家の西園寺さん、巨漢作家、そして、東部先生……。新宿の街で、彼らについていった。それがどこへ行くのか、どんな天国か、地獄へ続いている道かもわからないままに……。

目の前の男の背中を追いかけた。疑うことなく、何も考えないで、ただひたすら。

だが、みんないなくなってしまった。

たった一人だ……。この街で。

足がふらつき、よろけ、倒れそうになる。道路沿いの建物の壁に手をついた。

倒れるな。今、倒れたら、もう起き上がれないぞ。そしたら道端で寝てしまう。この寒さで寝たら、凍える。死ぬぞ。

あれはいつだったろう、新宿の路上で寝た時のことを思い出した。

あの女の子の顔を。

金色の髪をして、捨てられた人形のように、道端で寝ていた……少女娼婦。

ネコだ。

ネコ、どこにいるんだ？　もう死んでいるのか？　薄汚れて、ぼろぼろで、臭かった。

ぱっと目を開けると、異様に瞳が澄んでいた。宝石みたいに。夜明けの空が映っていた。

若さなんて信じない。若い奴なんて大嫌いだ。自分が若い頃も嫌だった。

それでも……。

若さの特権を考える。

たった一点、光っているところがあればいい。あとは薄汚れていたって構わない。その一点で、すべてが許される。それが若さだ。路上で寝ていた、あの少女の瞳のように。

私はもう若くはない。老いぼれだ。一点も光っているところなんかない。ただの醜い酔っぱらいだ。ああ、今の私にはもう、路上で寝る権利なんかないんだ。

雨の夜にずぶ濡れで、ひざを抱えて道端で震えていても、ひろってくれる女なんかいやしない。よろけて、つまずき、とうとう倒れてしまった。もうダメだ。立ち上がれない。路面が頬にあたって、痛い。冷たい。体じゅうが芯まで凍え、それから、あったかくなってきた。初めて抱かれた、あの女の肌のように。

ああ、ずっと私は、この女に抱かれてきたのかな？　生きてきたのかな？

都市《まち》は人を子供にする。

新宿は私を身なし子にした。

意識が遠のいてゆく。途切れて、闇がすべてを覆いつくす。なんとか目を開けた。路上で仰向けに倒れたまま。

ああ、俺……。

生きてるのかな、死んでいるのかなあ？

目の前に、薄い青が見える。

新宿の朝だ。

おたく命名記

目が覚めて、カーテンを開けると、快晴だった。まぶしい。大気が澄んでいる。カリフォルニアの青い空、か。

成田を発つ時は曇天の梅雨空だった。ひとっ飛びで、夏へとジャンプしたようだ。気持ちいい。

東京ではどれほど晴れていたって、この空の青さはない。

ロサンゼルスのホテルである。窓の向こうに高層ビルが見え、映画『ダイ・ハード』に出てきたビルですよ、とボーイが教えてくれた。

ベッドサイドにチップを置き、階下のレストランへ。慣れない英語でジャパニーズ・ブレックファーストなるメニューを注文すると、とんでもない代物が出てきた。海苔《のり》はいびつな形に切られ、納豆はパサパサで、奇っ怪な漬物らしき小鉢が添えられている。カリフォルニア米だけは、かろうじて美味しかった。

「おはようございます」

編集者が向かいに座った。寝呆けまなこだ。四十代後半の出版部長だが、私より若い。

「あ〜あ、それ頼んじゃダメなやつなんですよ〜」

私の目の前の奇っ怪な代物を指さして笑い、彼はプレーンなカリフォルニア・ブレックファーストにした。

「もう、御一行は帰ったの?」

「ええ、今朝早くチェックアウトしました」

昨夜はホテルのバーで遅くまで呑んだ。

女性タレントのフォトブックの撮影と取材である。出版不況の今どき、こんな企画でロスで一週間も滞在とは贅沢だ。

「タレントさんが出ているCMのクライアントが、経費を丸抱えしてくれるんですよ。ま、この本もいわば向こうさんのプロモーションです」

悪びれもせず、香川はそう言った。大手出版社の旧知の編集者である。

「ねえ、一緒に行きましょうよ、中野さん。現場は若い奴らにまかせて、まあ、我々は骨休めで。向こうで、ちょこちょこっとタレントさんにインタビューしていただければ、それでいいんだから」

私はめったに海外へ行かない。プライベートな海外旅行など皆無だ。言葉も通じないところへ行くなんて、めんどくさい。それでも、この仕事は引き受けることにした。

香川とは気が合ったし、彼と一緒ならまあいいだろう。人生の残り時間も少ない。一生に一度、カリフォルニアの青い空とやらを拝んでみるのも悪くないんじゃないか。

撮影と取材は順調に進んだ。同行の若い編集者が現場を仕切って、香川はそれを見守っているだけだ。私のインタビューもあっさり終わった。スタッフの打ち上げがあって、翌朝、彼らはもう帰途に就いている。

香川と私だけがホテルに残った。予備日として取ってあったもう一泊をすごそうと言う。私に異存はない。

「今日はのんびりロサンゼルス観光でもして、ＬＡを見て廻りましょうや。運転手を雇ってあります」

在留邦人の青年がホテルのフロントに現れた。きちんとネクタイを締め、白いワイシャツ姿だ。左ハンドルのレクサスで市内を案内してくれた。ビバリーヒルズをめぐり、丘陵に〝ＨＯＬＬＹＷＯＯＤ〟の文字看板を望む。チャイニーズ・シアターで映画スターの足型を見て廻った。

「へえ、ジョン・ウェインの足って、こんなちっちゃいんだ！」

香川は自分の足と並べて較べ、おどけた声を出す。

サンタモニカのビーチを歩いた。日射しがまぶしい。半裸の人群れに圧倒され、堂々たるその肉体に目を見張った。明らかに人種が違う。自分は、どうしようもなく貧弱なアジア人なんだな、と思い知らされた。

〽来て、来て、来て、来て、来て〜、サンタモニカ〜……

青い空と広い海のはざまから、桜田淳子の歌声が聞こえてくるようだ。

ロデオドライブのショップに寄り、香川は奥さんと子供におみやげを買う。ショッピングに興味がなく、一人者の私には退屈なだけだ。

日が暮れ、ダウンタウンのチャイニーズ・レストランで飲茶《ヤムチャ》を摂った。

「もう一軒、行きましょう」

コーディネイターの青年が先導してくれる。赤いネオン管の灯るバーだった。店内は適度に暗い。サックスの調べが鳴り、スタンディングの客たちが揺れている。テーブル席に着いた。黒人の店員が注文を取りにきて、ハイボールをもらう。目が慣れると、壁に貼られているポスターが見えた。B級アクション映画やSF映画、なぜか日本のアニメや怪獣映画のポスターもある。〝GODZILLA!〟の大見出しが火を吹いていた。

「ハーイ、マサ！」と声がかかる。

スタンディングの一群からだった。

「ハーイ」と応え、コーディネイターの青年が立ち上がり、そちらへと行く。

見るからに凶悪な感じの男がそこにいた。プロレスラーのような巨体で、頭にバンダナを巻き、サングラスにヒゲ、汚れた黒革のベストから突き出た丸太ん棒みたいな腕には、もじゃもじゃと毛が生え、ドクロのタトゥーが笑っている。

凶悪男は青年と何か早口でしゃべっていた。私の英語力では聞き取れない。

「ワーオッ！」と野太い声で吠えると、凶悪男はサングラスをはずし、ギロリとこちらをにらんだ。目が血走っている。

血相を変えて、向かってきた。青年は何か叫んで、止めようとする。だが、ダメだ。震え上がった。見ると、香川も真っ青だ。

殺される！

私は立ち上がって、逃げようとした。

巨体の男は突進してきて、体当たりを食らわせ、丸太ん棒みたいな両腕でガッチリと私を捕える。もう、ダメだ。逃げられない。

男は獣のようなうなり声をもらし、突如、叫んだ。

「OTAKU！」

えっ？　それから強く私を抱き締めて、笑う。男の仲間たちが次々と群がってきて、「OTAKU！」「OTAKU！」「OTAKU！」と叫びながら、かわるがわる私を抱いてゆく。

青年の声が聞こえた。

「す、すんません……中野さん、この人は日本から来た〈おたく〉の名づけ親だって紹介したら、大興奮しちゃって。この店は、その趣味の連中のたまり場で、彼らは……ロサンゼルスのOTAKUたちなんです！」

ああ、そうだったのか……。

男たちに次々とハグされ、もみくちゃになりながら、私はその叫びを聞いていた。

OTAKU！　OTAKU！　OTAKU！　OTAKU！　OTAKU！　OTAKU！

OTAKU！

〈中野秋夫の名前は、「おたく」の名づけ親として歴史に残るだろう〉

＊

かつて、そう書かれたことがある。

実際、今では世界中でもっとも読まれているという国際大百科事典の「OTAKU＝おたく」の項目には、以下のように記されているらしい。

〈一九八三年、ライターの中野秋夫が「漫画ブリトー」誌に連載したコラム『「おたく」の研究』によって命名された〉

なるほど、一九八三年か……。

はるか遠い昔の話だ。たしかに私はライター、そう、フリーライターだった。どうしてこの仕事に就いたんだろう？

ああ、そうだった。

二十歳の時だ。

高円寺の街をぶらぶら歩いていると、大学生ふうの青年があたりを見廻している。

「あ、ちょっと、すみません」と声かけられた。手にしたメモを見て、書店の場所を訊いたのだ。

なんでも本の情報雑誌のバイトをやっていて、高円寺の書店マップを作るため、取材に来たという。私は本が好きだった。高円寺の書店のことなら、よく知っている。

それなら、と各書店の傾向や特色、雰囲気……あそこの古本屋さんには大きな白い猫がいつも寝そべっていてね、といったエピソードまでくわしく話した。

青年は路上で何枚もメモを取り、「ありがとうございます！　助かりました」と頭を下げた。

しばらくして掲載雑誌が送られてくる。

高円寺の書店マップのページは、やけにくわしくにぎやかで、古本屋さんで寝そべっている白い大きな猫のイラストまであった。

〈おかげさまで充実したページになりました。ぜひ一度、編集部まで遊びにきてください〉

神田のはずれにある雑居ビルを訪ねた。

ビルの一室にある編集部は雑然としている。奥のデスクに座るいかつい感じの中年男が、「おう、君か」と対応してくれた。濃いモミアゲで三白眼、分厚い胸板、ワイシャツの両腕をまくりあげている……編集長だという。

脇の狭いソファに座り、出がらしのお茶が出た。

「君は何、本が好きなの？」

ええ、まあ……と、つらつらと自分の読書体験を三十分ほどはしゃべったろうか。

すると、編集長は言った。

「君、うちの雑誌で原稿を書いてみないか？」

驚いた。編集長はまだ私の文章を一行も読んでいないのだ。そもそも自分はライター志望ですらない。

そんな私が原稿を書いた。

初めて原稿料をもらった。

信じ難いことだが、なんと私は街で声をかけられて、二十歳にしてライター・デビューを果たしたのだ。

一九八〇年のことだった。

どう言ったらいいだろう、あの頃のあの感じを。なんだか街の気配が、少し変わったような気がする。時代の空気とでもいうのかな、それがちょっと軽くなった。

七〇年代はいささか重かったよ。

重力から解き放たれ、二十歳の私は、弾むように八〇年代の都市《まち》を駆け出した。

ミニコミ雑誌やキャンパス雑誌ってのが、当時はたくさんあって、私のような若いライターが出版まわりでわさわさしていた。

「太腿《ふともも》」という中央大学の学生が作るミニコミ誌では、女子大生のヌードを載せて〈中大のヒュー・ヘフナー、現る！〉と週刊誌が大騒ぎ、編集長の杉森くんは大学をクビになる。それでもめげずに『11PM』に出て、〝潮吹き〟の窪園千枝子と並んでイレブン大賞を受賞し、澄ました顔してテレビで笑っていた。

『アノアノ』という女子大生ライターたちの体験告白的な本がベストセラーになったり、一橋大学の田中康夫という学生が小説『なんとなく、クリスタル』で賞を取り、一躍脚光を浴びたりもした。

へえ、世の中には若くてすごい奴らがいっぱいいるもんだ。とても敵わない。

私はといえば、データ取材にテープ起こし、たまに安い原稿を書く、出版社の底辺バイト——まあ、使いっぱしりだ。

バイト部屋で使いっぱ同士、同年輩で仲良くなるもんで、彼らが集ってるミニコミ雑誌の編集部へ遊びに行くようにもなった。編集部、とはいえ高田馬場のアパートで、大学の広告研究会みたいな連中が、やれパブリシティーがどうした、コンセプトがこうしたと、ギョーカイごっこに戯れ興じていた。

一人だけ毛色の変わった人がいる。革ジャンをはおっていた。薄いサングラスで、あごにヒゲを生やし、柔和な笑みを浮かべ……なんだか妙に大人っぽい。

進藤さんという。私が持っていった原稿をパラパラと見て、へえ、ともらすと「君、時間あるだろ?」と立ち上がった。あ、はい、と慌ててつき従う。

ほい、これ、とヘルメットを手渡され、かぶると、編集部の前に停めてあった緑色のバイク——通称カマキリに乗って突っ走る。さっき会ったばかりの人の腰に両腕を廻し、二人乗りだ。

はじめて東京の街をバイクで走った。新鮮だった。びゅんびゅんと風を切って、都会の風景が背後へ飛び去ってゆく。何が何やらわからない。

到着したのは、九段下のインド料理屋だった。「マトンカレー、二つ」と私に口をはさませず、進藤さんは注文する。出てきたカレーを一口食して、目から火花が出た。なんじゃ、こりゃーっ⁉　と『太陽にほえろ！』で殉職する時のジーパン刑事《デカ》、松田優作のような声がもれる。それほどに、そのスパイシーな味はカルチャーショックだった。超激辛で大汗をかく。

「アジャは、やっぱこれですよ」

進藤さんは笑っている。

アジャンタという店だった。そこでマトンカレーを食べることを「アジャする」と隠語で言う。その後、いったい私たちは、どれほど「アジャする」ことになっただろう。

「さあ、行こうか」

進藤さんは立ち上がった。

愛車カマキリに再びまたがって、都心の道路を疾走する。気持ちよかった。ああ、だけど、俺……いったいどこへ行こうとしてるんだ？

下北沢だった。

進藤さんはブーツを脱いで、ヘルメットを片手に、一軒屋に上がり込む。

「梶川くーん」

出てきたのは、なかなかの美青年だ。ミニコミ雑誌の編集長だという。「よい子のアイドル歌謡曲」というその雑誌を、パラッと見て、仰天した。小さな文字がびっしり埋まり、それがすべて手書きなのだ！　ものすごく整った字で、一見、写植かタイプ印刷かと勘違いしてしまう。

中身はといえば、アイドル歌謡曲についての評論集だった。

梶川くんは〝人間写植機〟とも呼ばれているらしい。こんな美青年が、下北の一軒屋で日夜、小さな文字をびっしりと書き写している！

「あっ、今、ラーメン食べてたんっすよ」

気さくに笑う。サッポロ一番みそラーメンに玉子を落として、美青年はうまそうに食べていた。

我々は六畳間に座り込む。

にょきっと二本の八重歯を兇暴に光らせて笑う、女の子の大きなポスターが壁に貼られていた。石野真子だ。そう、石野真子に会うために梶川青年は鳥取から上京したという。

プレイヤーにシングルレコードを次々と載せて、アイドルの曲を聴かせてくれた。高見知佳『ジャングル・ラブ』、真鍋ちえみ『ねらわれた少女』、中山圭子『パパが私を愛してる』、日高のり子『初恋サンシャイン』、矢野良子『ちょっと好奇心』、沢村美奈子『インスピレーション』、水野ますみ『いとしのスキャンドール』……。

進藤さんは柿ピーをつまみながら講評する。速射砲のようにしゃべりまくる。アイドルの名前に混じり、澁澤龍彥や稲垣足穂、バタイユ、マンディアルグ、コンピューターのプログラム言語の仕組みまで……超博識だ。梶川美青年はラーメンを食べながらニコニコしている。私はボーッと聞いているだけだ。一晩中、そうしてすごした。

外へ出ると、空が白んでいる。

「ヨシギュウ、行きますか？」

進藤さんについて吉野家へと入る。「大盛り、二つ」と注文して、出てきた私のドンブリにも有無を言わさず紅ショウガと七味唐辛子が大量にまぶされ、もう真っ赤だ⁉　げっ、これ食うの？　進藤さんは無言でガツガツと食らっている。

「もう、電車は走ってるよね」と下北沢の駅前で別れた。

「ボク、これから会社だから」

えっ！

高田馬場のミニコミ編集部で出会ってから、半日が過ぎている。九段下のインド料理屋で超激辛マトンカレーを食べ、バイクで都心を疾走し、下北沢でアイドル歌謡曲を一晩中聴いてしゃべりまくり、夜明けに真っ赤な牛丼大盛りをガツガツと食らい、一睡もしないでこれから会社へ行くという。

カマキリ・バイクは爆音を残して、走り去った。

あの人は……異常だ⁉

進藤さんは神田のコンピューター・ソフトウェア会社に勤めていた。プログラマーだという。私より四歳上だ。会社が終わると、カマキリ・バイクで疾走して、都内のミニコミ編集部をめぐる。イラストが描け、デザインもこなし、文章も達者だ。常に辛いものを食らい、一晩中しゃべりまくる。いったい、いつ寝てるんだろう？

進藤さんは東中野の四畳半に住んでいた。私は三鷹のアパート暮らしで、出版社のバイトの帰り、進藤さん宅に寄るようになる。狭い部屋の本棚には、澁澤龍彥全集はじめ難解本からコンピューター関連書までがびっしり並んでいた。

「そろそろ、ボクらもミニコミを作ろうか？」

ある夜、居酒屋で進藤さんは言う。

「貯金があるから、それぶっこむよ。ただなあ……」

生ビールをグイと呑みほし、ちらりと私を見た。

「ボク、ほら、会社員でしょう、一応……まずいんだよなあ。キミが発行人をやってくれないか？」

えっ、だけどミニコミぐらいで……。

「いやいやいや、数千部は刷って、大手書店にも置いてもらいますよ」

えええーっ！

普通、出版物は取次店を通して配本される。だが、稀に書店と直接、取り引きするものもあった。「本の雑誌」という直販のミニコミ雑誌が読まれ、話題になっている。

だが、数千部の雑誌を直接、自分たちが書店を廻り、配本しなければならない。大変な作業だ。「本の雑誌」では配本部隊という読者ボランティアを動員していた。

進藤さんは、どうするんだろう？

「や、ボクがバイクで配本する」

絶句した。

結局、進藤さんは一人で原稿依頼して、編集し、自らも原稿を書き、イラストを描いて、デザインして、版下を作り、印刷所に発注して、それをバイクで配本した。しかも会社帰りに。考えられない。異様なバイタリティーだ。

「東京はてなクラブ」は八二年春に出た。創刊号の四千部を売り切った。

「新宿の紀伊國屋書店へ行ったら、雑誌売り場に『文藝春秋』と『東京はてなクラブ』が並んで置かれていたよ。なはははは」

進藤さんは愉快そうに笑う。

私も原稿を寄せた。創刊号を見て、驚く。自分のページを探すと、当時、デビューしたばかりのアイドル歌手・中野秋菜をもじって「中野秋夫」となっている⁉ 進藤さんがペンネームをつけてくれたのだ。ま、いっか。どうせ、遊び半分の原稿だし、一生、使うペンネームでもあるまいし……。

雑誌の内容は進藤さんの独断だが、当時、出版界は団塊の世代の編集者や書き手が幅をきかせていて、一世代下の昭和三十年代生まれの我々の趣味に沿うものにしようという。団塊の世代の全共闘運動やビートルズ、あしたのジョー、新宿フォークゲリラ、赤軍派などに対抗するのに我々は、懐かしグッズにアイドル歌手、おそ松くん、大阪万国博、アニメや特撮ドラマなどで応戦するしかない。

それで『ウルトラQ』を特集することにした。一九六六年に放送された日本初の怪獣ドラマだ。当時のチビッコたちを熱狂させた。

八〇年代初頭はまだビデオ機器が普及しておらず、『ウルトラQ』のビデオソフトなど販売されてもいない。それをどこから調達してきたのか、進藤さんの四畳半のアパートにビデオ機器が持ち込まれ、なんと『ウルトラQ』全二十八話のビデオが揃っているではないか！

連夜の上映会となった。

まだらの液体がどろんと流れ、〝ウルトラQ〟のタイトル文字がジャ〜ンと浮かび上がると拍手喝采、ゴメスだペギラだナメゴンだと、懐かしの怪獣が次々と現れ、歓声が上がる。

「ケムール人は足が速いんだよな」「そう、ケムール走り！」「運動会でケムール走りしてた奴、いたいた」「マラソンの君原選手をニセ・ケムール人なんて呼んでたよ（笑）」

こんなどうでもいいディティールを突っつきあって、笑い、騒ぎ、ウケる。

「カネゴンの貯金箱を持ってたよ」と誰かが言って、「いや、俺、ガラモンの背中のヒダヒダの本物を持ってるよ、ほら」と誰かが赤いヒダを披露すると、悲鳴が上がる。なんでも怪獣の造形作家に余った分をもらったものだとか……。

進藤さんの謎の人脈で怪人やマニア人種が大集合して、インターネットもない時代に噂が噂を呼び、上映会最終夜には四畳半の部屋に十人以上もが押し寄せ、ぎゅうぎゅう詰めで大騒ぎを繰り広げた結果、アパートの大家に怒鳴り込まれた。

「うわっ、ヤバい、追い出されそうだ」と真っ青な進藤さん。「編集部で部屋を借りよう」ということになった。

神田の小川町のワンルームマンションだ。進藤さんは会社が終わると、夕刻、姿を現す。その間、私とデザイナーの青年が部屋で作業に励んだ。

作業？

そう、マンションの家賃や光熱費、備品代など運転資金を稼がなければならない。例によって進藤さんは謎の人脈を使って、仕事を取ってきた。

自販機本の製作である。

自販機本？

その頃、自動販売機で雑誌を売っていた。エロ雑誌だ。エロ雑誌を本屋さんで買うのがこっぱずかしい内気なボーイズらは、夜中に百円玉をいっぱい握り締め、コソコソと買っていた。ゴトンと雑誌が自販機に落ちると、セーターのお腹のところへ隠して、ささっと忍者のように走り去り、自室で悶々とした一夜をすごす。

黄色い帽子とランドセルのよい子たちが通学する道端に、肌もあらわな女体がうごめくいやらしい雑誌の並ぶ自動販売機がある。ストリート性教育か？　や、そんなジョークは通用しない。ＰＴＡや婦人団体が強硬抗議に及んだ。

　自販機業者は、どうしたか？　人は追い込まれるとバカぢから的なアイデアが飛び出すもんだ。自販機のガラス面に、鏡を貼った。マジックミラーである。よい子の通学する日中は鏡だ。が、日が暮れて、あたりが暗くなり、自販機内の灯りがともると……あら不思議、鏡はガラスに変身して、エロ雑誌の表紙が「コンバンワ！」と姿を現す仕組みである。

　鏡の国のアリス……ならぬ、エロスの中身をせっせと製作していたのは、八〇年代初頭、神田のはずれのワンルームマンションの二十歳そこそこの我々青年たちだった。

　女体のハダカ写真は、有り物を借りて使い廻す。グラビアページは、それでよし。残りの活版ページは、適当にでっち上げる。原稿を書くのは私であり、会社帰りの進藤さんだ。

〈夏のアウト・ドアＳＥＸ——パーフェクト・マニュアル〉みたいな記事を、「ポパイ」調の文体で書き飛ばす。「アウト・ドアでメイク・ラブに励むボーイズ&ガールズは、虫刺されに御用心……防虫スプレーはマスト・アイテム、レッツ・ゴー！」てな感じで。ひどいもんである。

　我々が下請けするエロ本出版社には、アリス出版とか群雄社とかサン出版とか白夜書房とか、いくつかの派閥系列が存在する。大方、全共闘世代の社主で、後に新人類世代とも呼ばれる若者たちが下働きをしていた。七〇年安保から十年後、八〇年代のエロ本全共闘で、新人類がその先兵を務めていたというわけである。

糸井は中核の特攻隊長で、とか、笠井や亀和田はプロ学同だった、とか、全共闘世代の著名人が時に出身派閥で語られるように、中野は群雄社系で、とか、竹熊やカムイはアリス出版だった、とか、エロ本派閥の出自を探る内ゲバが繰り広げられたりもする。

一九八三年、春のことだ。

進藤さんがまた仕事を取ってきた。

「漫画ブリトー」というロリコン漫画雑誌の仕事だ。

ロリコン?

そう、ロリータ・コンプレックスの略で、年端もいかない少女に性的興味や恋愛感情を抱くことである。手渡された雑誌をパラッと見て、仰天した。少女、というより、もはや幼女(!)が性的にいたぶられる漫画が載っかっている。うへっ、こんな世界があるんだな、と苦笑した。

「漫画ブリトー」に我々のミニコミ誌の出張版ページが連載されるという。

「中野氏も、なんか書いてよ」と言われた。

あまり気が進まなかったが、仕事は仕事だ。さて、何を書こう?

ああ、そうだ……。

前年夏のこと、私は初めてコミックマーケットへと行った。漫画同人誌の即売会で、コミケット、やがてコミケと略される。私たちのミニコミ雑誌も販売されるというので、進藤さんに誘われ、足を運んだ。

ショックを受けた。

晴海の東京国際見本市の大会場に、数万人もの漫画ファンらが群れ集っている。その異様な感じ。

『うる星やつら』のラムちゃんのコスプレ、胸もあらわな虎シマのビキニで飛びはねる女子たち。暗い瞳をした、いかにもマニア臭ただよう男たち。カン高い奇声を上げて、異様なテンションで盛り上がる野郎どもの一団もいた。「おたくさ〜、これ持ってる?」と若いにもかかわらずヤケに他人行儀な二人称で呼びかけあって、自らのコレクション自慢をしている連中もいる。

ピンと来た私は、彼らを「おたく」と名づけた。単なるマニアではない。新しい名前で呼ばれるべき種族を自分は発見したのだ、と。

よし、あのことを書いてやれ。

「〈おたく〉の研究」というコラムは、「漫画ブリトー」八三年六月号に掲載された。

……ほら、どこのクラスにもいるでしょ、運動がまったくダメで、休み時間なんかも教室の中に閉じこもって、日陰でウジウジと将棋なんかに打ち興じてたりする奴らが。モロあれなんだよね。髪型は七三の長髪でボサボサか、キョーフの刈り上げ坊っちゃん刈り……ショルダーバッグをパンパンにふくらませてヨタヨタやってくるんだよ、これが。それで栄養のいき届いてないようなガリガリか、銀ぶちメガネのつるを額に食い込ませて笑う白ブタかてな感じで……そんな奴らが、どこからわいてきたんだろうって首をひねるぐらいにゾロゾロゾロゾロ一万人！

ここぞとばかりに大ハシャギ。もー頭が破裂しそうだったよ。

考えてみれば、マンガファンとかコミケに限らずいるよね。アニメ映画の公開前日に並んで待つ奴、ブルートレインをご自慢のカメラに収めようと線路で轢き殺されそうになる奴、本棚にビシーッとSFマガジンのバックナンバーと早川の金背銀背のSFシリーズが並んでる奴とか、マイコンショップでたむろってる牛乳ビン底メガネの理系少年、アイドルタレントのサイン会に朝早くから行って場所を確保してる奴、有名進学塾に通ってて勉強取っちゃったら単にイワシ目の愚者になっちゃうオドオドした態度のボクちゃん、オーディオにかけちゃちょっとうるさいお兄さんとかね。

(略)

それで我々は彼らを「おたく」と命名し、以後そう呼び伝えることにしたのだ。

ところでおたく、「おたく」？

いや〜、今、読み返すと苦笑ものの文章だ。

とはいえ、どこに売っているのかもわからないようなマイナーなロリコン漫画雑誌、その隅っこのページの埋め草コラムである。ま、こんなもんでいいだろう、と思っていた。

ところが……。

進藤さんの顔が曇っている。

「キミのあの〈おたく〉のコラムさあ、ちょっと問題になってるんだ」

えっ？

「漫画ブリトー」は我々と同世代の二人の青年が編集していて、その一方の小塚という編集者が大激怒しているという。

これは差別だ！　不快な文章だ！

〝コツカ某〟名義で、雑誌の巻末で名指し批判された。何度か書き直しを命じられ、応じたが、結局、「〈おたく〉の研究」の連載はたった三回で打ち切られる。

参ったな。思えば、当のロリコン漫画雑誌の読者こそが「おたく」そのもので、いわば読者罵倒とも読める。だけど、いや、だからこそ意味があるんじゃないか？　これをオシャレ系雑誌でやったら、まったくシャレにならない。

安い原稿料を失ったのは、痛くない。だが、駆け出しのフリーライターにとって数少ない署名原稿の発表の場を奪われた。しかも、会ったこともない小塚とかいう編集者に、電話一本すらなく、一方的に連載を打ち切られたのだ。ひどいものである。

その後も「漫画ブリトー」誌の巻末では、〝コツカ某〟名義で、中野秋夫の「〈おたく〉の研究」批判が延々と丸々一ページもびっしり載っていたりした。呆れた。

〈ぼくにとっては〈おたく〉批難も『ブリトー』を没収する教師も、中曽根内閣の〈少年の性雑誌規制〉とやらも同じものと映ったわけです……〉

いやはや。

それにしても相当しつこくて、変な奴だな、この小塚って人は。

連載が一本、なくなった。二十三歳、フリーライター。とは言っても、とても文章だけでは食えない。貧乏なバイト暮らしだ。

ああ、自分はこれからどうなるんだろう？　ちゃんと生きていけるんだろうか……。

枕元の電話がうるさい。何度も鳴っている。寝呆けまなこで、ふとんからやっと手を伸ばした。

「何やってんだよ、中野くん！」

旧知の編集者からだ。ずっと電話してくれていたという。

いや、寝てました、と応じると「テレビをつけてみろ」と言われた。

リモコンでスイッチをオンにすると、テレビモニターには黒い服を着た人々が映っている。何か神妙な雰囲気で、ぼそぼそとしゃべっていた。

何ですか、これ？

「……昭和が終わったんだよ」

えっ！

一九八九年一月七日だった。

慌てて飛び起きて、テレビに見入る。

小渕官房長官が白いボードを掲げ、漢字二文字が記されていた。

「新しい元号は……平成であります」


昭和天皇に続いて、手塚治虫、美空ひばり、松下幸之助と、各界を代表する昭和の偉人たちが次々と亡くなった。

その年は、一九八〇年代の終わりだ。

中国の天安門事件、東西ドイツのベルリンの壁崩壊、ルーマニアのチャウシェスク政権の終焉と、世界中が揺れていた。

時代の曲がり角である。

二十九歳になった。

なんとか私は生き延びていた。

「〈おたく〉の研究」の二年後、ひょんなことから〝新人類の旗手〟と呼ばれ、ちょっとは名前が売れた。だが、そんなのは一過性のブームにすぎない。すぐに終わった。また、地味なフリーライターに逆戻り。

それでも二十歳の時から、ずっと文章を書いて生きてきた。ああ、これほども長く続くとは。自分でも信じられない。街で声かけられて、始めた仕事なのに。

三十歳を目前にして、いくつかの新たな仕事依頼が舞い込んでもいた。

ある日、マンションへ帰ると、郵便受けに書き置きがある。留守番電話がパンクしていた。テレビ局や新聞社、週刊誌の記者から、至急連絡してくれという。

何事？

事件の犯人が判明した。

連続幼女誘拐殺害事件である。

前年、昭和の終わりから、平成の初めにかけて、首都圏で四人の幼女らが姿を消した。遺体が見つかり、遺骨が送られ、〝今田勇子〟を名乗る脅迫状が届く。世間は騒然とし、マスメディアは犯人像の推理に躍起となって、警察はその威信を問われた。

八九年八月十日――。

すでに強制わいせつ容疑で逮捕されていた青年が、先の事件について自供した。

東京都西多摩郡の印刷工・宮﨑勤（二十六歳）である。

テレビカメラは彼の自宅個室に踏み入り、異様な光景を映し出す。壁に積み上げられた六千本ものビデオテープ、さらには床を埋めつくした漫画・アイドル・ポルノ雑誌の山だった。犯人の特異なパーソナリティーを理解する手立てとして、マスメディアは一つのキーワードを発見した。「おたく」である。

宮﨑は、この六畳間にこもりっきりのことが多かった。ほとんど人と話すことはない。面と向かうと人の名前が呼べず、「お宅」と呼びかける、「通称オタク族」だったようである。たとえば「お宅どんなビデオ持ってる」と使う。アニメやビデオの熱狂的ファンに多い種族だ。

（「週刊朝日」八月二十五日号）

「おたく族」とは――アニメやパソコン、ビデオなどに没頭し、同好の仲間でも距離をとり、相手を名前で呼ばずに「おたく」と呼ぶ少年のこと。人間本来のコミュニケーションが苦手で、自分の世界に閉じこもりやすいと指摘されている。

（「週刊読売」九月十日号）

〈小中学生「オタク族」を「1・5の世界」が蝕んでいる〉

（「週刊ポスト」九月一日号）

……大変なことになった。

私が六年も前に名づけた言葉が、急浮上したのだ。しかも、凶悪な犯罪者予備軍として。

「おたく」はひそかに広がってはいた。しかし、それはあくまでアンダーグラウンドやごくマイナーな領域でのことにすぎない。一般人には、そう知られてはいないだろう。

かつてラジオ局のプロデューサーから連絡があった。番組で「おたく」を扱うコーナーがあって、ルーツを探ったら、私に行き着いたという。「使用許可を」と申し込まれたが、許可も何も、もはや自分のもとを離れた言葉だ、と返答した。

「〈おたく〉の研究」を単行本にしないか、と何度も持ちかけられた。乗りかけたが、結局、実現しない。「漫画ブリトー」での一件が、ずっと心に引っかかっていた。あれ以来、自分の文章で、実は「おたく」という言葉を使っていない。

それが、突如、目の前に現れた。いや、「突きつけられた」と言ったほうが、正確だろう。

「おたく」の名づけ親としての中野秋夫に、マスメディアは一斉に群がった。連続幼女誘拐殺害事件の犯人をめぐる報道ヒステリーの渦中に。電話は鳴りっぱなしで、自宅に押しかけてくる記者もいた。

私は逃げ廻った。これに応じてはいけない……。嫌だ。絶対に嫌だ。不吉な胸騒ぎを覚え、かたくなに拒否の姿勢を貫いた。

編集者から送られてきたＦＡＸが目に止まる。新聞の記事コピーで、今回の事件について書かれた文章だった。

〈……ＴＶに映し出された彼の部屋の本棚にぼくがかつて編集した単行本の背表紙がちらりと見えた。ぼくが最初に編集者として足をふみ入れた雑誌のバックナンバーも並んでいた。彼がぼくの読者であった以上、ぼくは彼を守ってやる〉

ほう、と思わず声が出た。

〝小塚英士〟の署名がある。

ああ、〝コッカ某〟だ。かつての「漫画ブリトー」の編集者で、「〈おたく〉の研究」の連載を打ち切った。今では、評論家として何冊も著作を出している。

その本を読むと、「おたく」という言葉が多出していた。皮肉なものだ。「おたく」を差別用語だと批判して禁じた彼が、今や「おたく」の専門家となり、その言葉の産みの親である私が、自らに使用することを禁じている。

それにしても……。

〈彼を守ってやる〉とは、どういうことだろう？

〈……彼がおたく少年であるが故に幼女を殺したのだと世間が非難するなら、彼とぼくの感受性の間に差違があるのか自分では全くわからないぼくは、彼を擁護する。(略) 彼が生きてきた不毛とぼくが生きてきた不毛がつながっているとわかった以上、そうする他にないではないか〉

相当に強引な論旨だ。でも、私は胸を撃たれた。

宮﨑勤は、私より二歳下だ。私が中退した高校の後輩だった。そうして、彼の部屋の床に散乱した雑誌の中に、私が連載しているアイドル雑誌があったのだ。

はっとした。胸が痛んだ。小塚英士と私とは、同じ痛みを共有している、と思った。

小塚の雑誌「漫画ブリトー」がなければ、「〈おたく〉の研究」は書かれていない。小塚と私との確執がなければ、「おたく」という言葉はこれほどの広がりを持たなかっただろう。その「おたく」というフィールドに、彼はいたのだ。そう、彼——宮﨑勤を「ぼくが守ってやる」と今、小塚は宣言する。

何度もその記事を読み返した。

その夜、私は編集者に教えられた番号に電話をかける。

「もしもし、小塚さんですか?」

「はい、そうですが」

「あっ、はじめまして、中野と申します」

「……中野?」

「中野秋夫です」

「ああ、中野秋夫さん！」

それから私たちは話した。

宮崎勤のことを。「おたく」のことを。「漫画ブリトー」のことを。マスメディアのことを。自らの胸の痛みと、八〇年代のことを。

夜が更けるまで。


小塚英士と私は、その後、会って週刊誌で対談した。今一度、対話して、それは本にもなる。

反響は大きかった。

ある朝、新聞をめくって、目を見張る。

小塚と私の顔写真が載り、大見出しが躍っていた。

〈宮崎勤被告を擁護〉

朝日新聞だった。

それがどういうことか、どういう事態を招くことになるか、正確なニュアンスを平成生まれの世代に伝えるのは、難しい。

すぐに田舎の母親から電話がかかってきた。

「おまえ、何か悪いことでもしたのかい？　新聞に写真が出てたっていうけど……」

冗談ではない。

スマホもなく、インターネットも普及していない時代だ。朝日の威力は絶大だった。その記事が出る前と、出た後とでは、周囲の反応がまったく変わってしまう。決まっていた雑誌の連載や、単行本の仕事が次々とキャンセルされた。というか、担当編集者がもう電話にも出てくれないのだ。

親しかった編集者や、友人と認識していた同業者らと顔を合わすと、妙にそっけない。私と話したくなさそうだ。明確に絶交を言い渡されもした。

「おまえはバカだよなあ」

年長の人情家肌のライターに呼び出されて、呑んだ。

「ミヤザキって、人殺しだぞ！　幼い女の子を四人も殺して……親御さんの気持ちにもなってみろって。その殺人鬼を、よりによって擁護するって？　はあ、何、考えてんだ。頭、おかしいんじゃねえか。あ〜あ、朝日新聞にまで載っちまって」

真っ赤な顔で罵られた。

「おまえ、もうおしまいだよ」

耳が痛い。

「物書きとして、やってけないぞ」

だが、実はそんな言葉には慣れっこになっていた。

新聞記事が出て以後、いたずら電話に悩まされている。最初は無言電話だった。それから批難、怒声、罵り、中傷と続き、口汚い文句の嵐、やがて脅迫に変わった。

死ね！　死ね！　死ね！　死ね！　死ね！

毎日、言葉の凶器に突き刺されていた。

ある日、マンションに帰ると、ドアの前に誰か立っている。

濃紺のつなぎのようなものを着た長身の男だ。髪を銀色に染め、マスクをしていた。異様な妖気を漂わせている。

男の目がギロリとこちらを見て、マスクを取った。

とっさに私は身構える。

「中野秋夫さんだね？」

ドスの利いた声だ。

「ちょっと話したいことがあるんだが」

男は部屋へ入りたそうにしたが、私は警戒する。二人きりになるのは、まずい。近所の喫茶店へと入った。午後の時間で、客はまばらだ。テーブル席で向かい合うと、コーヒーを二つ、注文した。

男は目の前に紙片を置いた。

〈宮﨑勤被告を擁護〉の新聞記事だ。

「……どういうつもりなんだ、これは？」

返答に窮する。

男の目が血走っていた。

しばらく黙っていると、日本とか民族とかいう単語の混じった団体らしき名称を口にし、その構成員なのだという。

男がふところに手を入れ、何か取り出した。

短刀だった。

さやを少しだけ抜いて、ぎらりと光らせる。

背筋が寒くなった。足が震えている。

また、さやに刃を収めると、目の前に置いた。赤い目で、じっとこちらをにらんでいる。

ああ、もうダメだ。逃げられない。これは覚悟を決めるしかない。

私は口を開いた。

自らが「おたく」の名づけ親であること。小塚英士との関わり。宮﨑勤のこと。「彼を守ってやる」という言葉に胸を撃たれたこと。正直に、包み隠さず、私は語り続けた。

男は、じっと聞いていたが、話が終わると、ため息をつく。うつむいた。

しばし、そうしていた。

ふいに顔を上げ、身を起こすと、男の腕が突き出された。

殺される！

ひやっとして、目を閉じた。

どれほど、そうしていたろう。何も起こらない。

まぶたを開くと、目の前に男の手のひらがあった。私がそれを握り締めると、男は笑った。

「ありがとう、よく話してくれました」

男の目が潤んでいる。

「中野さん……あなたの文章が……大好きなんです、ボク」

男は私の著書を取り出すと、サインをねだった。サインしながら「お腹すいてるんじゃない？何でも頼みなよ」と言うと、男は「はい」とスパゲティー・ナポリタンを注文し、ガツガツとそれを食らっていた。

ふうと脱力する。

自分はこれからいったい、どうなるんだろう？

三十歳を目前にしている。

生きていけるんだろうか？

平成は、まだ始まったばかりだった。

＊

「中野さん、お久しぶり」

香川からの電話だった。

「実は、お願いしたいことがあるんだけど」

神妙に言う。

「うちで平成回顧ムックを作っていてね、インタビューさせてもらえないかなって」

この手の依頼が続いている。

「で、テーマなんだけど」

一瞬、言い淀んだ。

「……〈おたく〉なんですよ」

気が重くなった。

「ほら、平成元年に例の宮﨑事件が起こったでしょ？　あれで〈おたく〉が注目された。その後の平成〈おたく〉三十年史みたいなものをね」

うーん。

「何年か前、中野さんとロサンゼルスへ行ったじゃない？　ほら、あのバーで〈ＯＴＡＫＵ！ＯＴＡＫＵ！〉って大騒ぎでさ、ＯＴＡＫＵの名づけ親としての中野秋夫の世界的知名度を思い知らされたんですよ」

ああ、そんなこともあったっけ。

「お願いしますよ、中野さん」

私がしぶっていると、声の調子が変わった。

「実はボク……退職するんです」

えっ、定年まではまだ間があったはずだが……。

「ええ、早期退職勧奨ってやつでね、早めに辞めると退職金が上乗せされるんですよ。まあ、ていのいいリストラです。お恥ずかしい。うちみたいな会社でも、このザマです。社畜の老害は早く消えてくれってね。女房に相談したら、あら、いいじゃない、早く辞めなさいよってことで。その金でミヤコ落ちして、あいつの故郷《クニ》の九州でのんびり暮らそうって……」

何も言えなくなる。

「で、これが編集者としての最後の仕事なんですよ。お願いします」

いよいよ断れなくなった。


よく晴れた午後だった。

秋葉原駅の電気街口で待ち合わせる。

久しぶりに再会した香川は、めっきり髪が白くなっていた。人のことは言えない。駅コンコースの壁の鏡には、白髪頭の初老の男二人が笑う姿が映っている。

小型のビデオカメラを持った青年がつき添っていた。

「デジタル編集部のスタッフです。彼がビデオに撮って、うちのウェブにもアップさせてもらいますよ。秋葉原を歩きながら、ボクが中野さんをインタビューするという趣向で」

どうやら、そういうことらしい。

「うわっ、ラジオセンターがまだあるんだ！　懐かしいなあ」

駅を出て、香川が声を上げた。

小さな電子部品をぎっしり並べた店が軒をつらねている。

「子供の頃、自分でラジオを組み立ててね、よくここに部品を買いに来ました」

へえ、知られざる一面だ。

昭和通りへと出た。

「この辺も変わりましたねえ」

香川が目を細める。

電気店のビルが林立しているが、壁面の巨大モニターや看板には異様に瞳の大きなアニメ画の少女たちが飛びはね、いわゆる〝萌え〟絵で埋めつくされていた。

「いらっしゃいませ～、御主人様！」

寒空にミニスカートのコスプレ・メイド嬢らが立ち、チラシを配っている。外国人観光客がスマホで写真を撮ろうとすると、アニメキャラ風のポーズを取った。

——おたくは、オタク、オタッキー、ヲタなどと変遷して、今ではＯＴＡＫＵという世界語になりました。いつからでしょう？

「一九九三年だったかな？　フランスの国営放送が『ＯＴＡＫＵ』と題するＴＶドキュメンタリーを作ってね、著名なフランス人監督に僕も取材されました。その後、ドイツ、ポーランド、アメリカ、韓国、こないだもイギリスのＢＢＣが取材に来たよ。毎年、もう何語かわからない文字で取材依頼の手紙がいっぱい届くんだけど、〝ＯＴＡＫＵ〟だけはわかってね」

——へえ、すごいですね。

「スティーヴン・スピルバーグがさ、テレビで言ってたんだ。『私は子供の頃、内向的で友達がいなかった。ほら、そんな子供をどう言うんでしたっけ？　ああ、そう……ＯＴＡＫＵ！』って。おいおい、スティーヴン、それ、僕が考えた言葉だぜ！　って、思わず、つっこんだよ」

香川もデジタル編集部の青年も笑っている。

何度も取材で話した持ちネタだった。

ドン・キホーテ秋葉原店が見えてくる。ＡＫＢ48劇場の看板をバックに制服姿の少女たちが記念写真を撮っていた。

「あの劇場がオープンしたのが〇五年で、その前年に『電車男』がベストセラーになった。かつての電気街も、漫画・アニメ・ゲーム・アイドル……と、今や〈おたく〉に完全に占拠されたようだね」

若き日にコミックマーケットへ行ったことを思い出す。あの時の驚きが「おたく」命名のきっかけになった。コミケットは年に数日のみのお祭りにすぎない。だが、ここでは今やもう一年中コミケ、毎日がお祭りのようである。

秋葉原は「おたく」の夢の街だ。

終わらない夢、か。今にして思う。それが八〇年代精神だったんじゃないか？　宮﨑勤は、一連の犯行を「覚めない夢の中でやった」と証言している。

二〇〇八年六月には秋葉原で通り魔事件が起こった。横断歩道にトラックで突っ込み、歩行者をはね、通行人を次々とナイフで刺した。七人死亡、十人負傷。二十五歳の犯人は、かつての連続幼女誘拐殺害犯とも比較された。

宮﨑勤はもういない。

秋葉原通り魔事件の九日後、死刑が執行されたのだ。

享年四十五。

夢は覚めたのだろうか？

「中野さん、あれ」

香川が指さす先を見た。

ビルの壁面の巨大モニターに、ニュース映像が流れている。初老の男性の顔が映っていた。

「次の天皇陛下ですね」

しんみりと言う。

そうだった。皇太子は私と同い年だ。

田舎の酒屋のこせがれも、幼い頃は洋品店でおふくろが買ってきた〝宮様ルック〟とやら、蝶ネクタイに半ズボンのコドモ紳士服を着せられたもんだ。浩宮様も読んでいるという『怪獣図鑑』を親にねだった。小学校五年生の時、大阪万国博の会場で「シェー」をする宮様の写真を「少年サンデー」で見た。

彼も私も、もうすぐ還暦だ。

「ああ、おたく世代、新人類世代の天皇が、まもなく生まれるわけですね」

香川は言う。

透けるような青い空を背景に、巨大モニターの中で微笑む男性の顔を、じっと私は見上げていた。

彼女の地平線

マゲを結った紋付はかま姿の大男たちが次から次へと現れ、わっと歓声が上がった。舞台上では樽が割られ、拍手が鳴って、酒が振舞われる。横綱や大関らによる鏡開きだ。

中央の丸顔の力士の脇には白無垢の着物姿の花嫁が楚々として立つ。

国民的人気の相撲兄弟、その兄の結婚披露宴である。

広い会場を見渡す。どれほどの数の招待客がいるだろう。

私は新婦側の席に着いていた。新郎側には各界の大物や著名人らが居並び、絢爛たる光景である。新婦側は寂しい。

花婿は誰もが知る人気大関だが、対する花嫁は一介の航空会社の客室乗務員にすぎず、当時はまだスチュワーデスと呼ばれていた。

「美しいね、栗田ちゃんは」

隣席の篠川実信が言う。

篠川の縁で自分も宴席に招《よ》ばれたのだろう。

私たちのテーブルには、篠川と大御所の女性作家とファッション誌の女編集長がいた。かつて読者モデルとしてカリスマ的な人気をはくした栗田恵美子の応援団のような席である。

若く華やかで美しい、何人もの女たちが同じテーブルを取り囲んでいた。

栗田恵美子と同様、篠川の元モデルだ。

著名カメラマン・篠川実信の撮る週刊誌の表紙写真に、毎年、女子大生モデルの募集がある。

ブレイクへの登龍門とも呼ばれる人気企画だ。きびしい選考を勝ち抜いた彼女らは、共にハワイでの撮影を経験してもいた。

それから四年がたつ。かつてのモデル仲間のウエディングに同窓生たちが再び集まったという光景である。

両肩を丸出しにした大胆なドレスの新進女優がいた。笑顔を絶やさぬテレビ局の新人女子アナがいた。小さな顔とすらりとした肢体の人気モデルもいる。四年という時間は、かつての固いつぼみたちを咲き開かせ、成熟した大人の女へと変貌させていた。

美女たちが微笑むその一角のみは、どこか気配が違う。さながら別世界のまばゆい光に照り映えているようにさえ見える。

そこで、私は見つけたのだ。

奈津子。

そう、君のことを。

ひときわ小柄だった。まるで子供だ。大人たちのパーティーにまぎれ込んで、テーブルからちょこんと顔だけ覗かせている、小さな子供みたいだ。くりくりとした大きな瞳を、いたずらっ子のようにせわしなく動かして、デザートのシャーベットにパクつく。どこか森の臆病な小動物を思わせた。

「佐和奈津子です」

独得の鼻にかかった声で自己紹介する。インテリア関連の会社の事業部にいるという。女優や、女子アナや、モデルや、次々と自己紹介する女たちが、これでもかとばかりに華麗なる経歴をアピールするのとは対照的に。

奈津子、君は何者でもなかった。そう、ただのＯＬにすぎない。

黄色いブラウスを着ていた。頭に奇妙な形の紫色の帽子を載っけている。明らかに場違いだ。きらびやかなドレスや振袖の着物や、華やかに着飾る宴席の女たちの中にあって、一人、サーカスの道化の子供でもまぎれ込んだかのように。今にもポケットから色のついた玉や金色のリングでも取り出して、空中に投げ上げそうな気配だった。

正直に告白しよう。

私は彼女から目が離せなくなった。

女優も、モデルも、女子アナも、いや、壇上の美しい花嫁さえ、目に映らない。

奈津子、もう君しか見えなかった。

＊

昭和から平成になって一年半が過ぎた。

乃木坂の篠川実信のオフィスを訪ねる。

驚いた。栗田恵美子が受付にいたのだ。

「篠川先生、どういうことですか！」

「ああ、栗田ちゃん？　受付のバイトをお願いしたんだよ」

毎年恒例の女子大生表紙シリーズに栗田恵美子が登場した時は、話題になった。

栗田は高校時代、少女ファッション誌の人気モデルだった。とはいえ、芸能人ではない。学校帰りに編集者にスカウトされた、いわゆる読者モデルだ。

はんなりとした大正時代の乙女画か、少女人形を思わせる彼女は、全国の女子中高生の人気者になった。今よりずっと雑誌メディアに影響力のあった時代だ。

栗田恵美子は件の少女ファッション誌のグラビアページにしか登場しない。テレビにもラジオにも出ない。どんな声をしているかもわからなかった。そのあり方がミステリアスで、読者らの幻想を高めてもいる。

興味を持った私は編集部に取材を申し込んだ。

「ああ、栗田さんは取材は受けつけないんですよ」

あっさりと断られた。様々な方面から何度かアプローチを試みたが、ことごとくはね返される。

ひどくガードが堅い。やむなく私は本人に取材することなく、一文を書いた。

彼女が髪を切ると、翌週、日本中の女子中高生たちがみんな髪を切っている。栗田恵美子はこの国の少女らに対して、もっとも影響力を持つ〝普通の女の子〟だ。

（「栗田恵美子伝説」）

高校を卒業すると、少女ファッション誌から消えた。厳格な両親は芸能活動を許さず、期限つきで読者モデルのみの特例だったという。

そんな栗田恵美子が突如、週刊誌の表紙に載った。人生に一度の思い出として女子大生表紙モデルに応募したということだ。

当時、私は篠川実信と一緒に仕事をしていた。話題の女性たちを篠川が撮り、私が文章を寄せるという雑誌連載だ。

週に一度は撮影に立ち会い、写真選びに篠川のオフィスを訪ねる。それから食事やお酒になった。

「篠川先生、今週の女子大生表紙、見ましたよ。伝説の美少女・栗田恵美子じゃないですか！」

宴席で興奮して私はまくしたてた。かつてのカリスマ少女モデルについて語ったのだ。

「へえ、栗田ちゃんにもそういう過去があったのか」

篠川は面白そうに言う。

その後、ほどなくして篠川のオフィスの受付で栗田恵美子の実物と対面したのだった。

受付は、日替わりで何人かのバイト嬢が務めている。

今日は栗田ちゃんの日かな？　と訪ねる時はどきどきしたものだ。

今にして思う。

栗田恵美子と同じ日に、一緒に受付のバイトをしていた小柄な女の子がいた。

奈津子、それが君だったのだ。


はんなりとした少女人形のような栗田恵美子と、どこか小柄な少年を思わせる短髪の佐和奈津子――二人は好対照のコンビだった。

「美少女たちを呼ぼうか」

篠川は言う。

バブル末期の新宿西口の路地裏、あばら屋の向こうに建設途中の東京都庁の大伽藍が見えた。エイト・バイ・テンの大型カメラで世紀末の東京を篠川は撮らえる。巨体の女や、侏儒や、道化師らを暗い夜の道端に立たせて。極彩色のライティングがまがまがしい。

栗田恵美子と佐和奈津子を助手として呼んだ。

大型カメラによる長時間露光撮影はひどく手間取る。佐和がストップウォッチをにらみ、ポンと合図して「オッケー！」と栗田が叫ぶ、その声が愛らしい。フリークスの蠢《うごめ》く夜の新宿の路地裏を、美少女たちが駆け廻る。どこかこの世の光景とは思われなかった。

撮影終了後、歌舞伎町の屋台風のタイ料理屋で打ち上げがあった。上機嫌の篠川と、寡黙な青年助手らと、美少女コンビ、それに私……シンハービールと生春巻と辛い春雨サラダとパクチーと、トムヤムクン・スープのクセのある酸っぱい臭いがムッと立ちこめている。お嬢さま育ちの栗田恵美子は、こういう店は初めてだろう。物珍しそうに、きょろきょろしていた。

「わたし、栗田ちゃんのファンだったんですよ、高校時代」

タイ風さつま揚げをつまみながら、佐和奈津子は言う。

にんまりと栗田は笑う。彼女はあまりしゃべらない。時折、「はあ」と呟き、「えへへ」と微笑む。鈴を鳴らすような声音だ。どこか、ふわふわしている。現実感がない。浮世離れした、美しい女性《ひと》だった。

「太宰治に『女生徒』って短篇小説があるでしょう？　女の子の一人称の。あれ、栗田ちゃんに朗読してもらいたいんだな。テープに録音して、宝物にするから」

メコンウイスキーに酔って、私は言った。

「あっ、それ、いい。わたしも欲しい！　録音のお手伝い、しまーす」と佐和奈津子は手を上げる。

栗田は無言で、ただニコニコしていた。

「おいおい、中野さん、事務所の許可なしでウチの美少女たちに勝手に仕事を発注してもらったら、困りますよ」

篠川実信は笑った。

四年前のことである。


あの頃は、なぜ気づかなかったんだろう。

そう、奈津子、君の魅力に。

栗田恵美子の脇でいつも笑っている、小柄な少年のような女の子、そんな印象しかなかった。

あれから四年がたって、大学を卒業し、ＯＬになっている。髪も肩まで伸びた。それでも、奈津子、君はいまだに子供のようだ。

あの夏、ハワイで一緒に表紙写真を撮った同窓生たちは、みんな競うように大人の美を咲き開かせ、成熟を果たしているというのに。

ぽつんと一輪、つぼみのままで時間《とき》の停止した永遠に未熟な花のように見える。

まさか……こんな子供に魅せられるなんて。信じられない。

私は三十四歳になっていた。


結婚披露宴が終わって、篠川実信とかつての女子大生モデルたちと西麻布のバーへと流れた。

栗田ちゃん、きれいだったね。ねっ、ウエディングドレス姿がもう……天使みたいでさ。あたし、泣いちゃった、あんまりきれいなんで。でもさ、わたしたちの中で、栗田ちゃんが一番早くお嫁さんになるなんて、ねー。うん、信じらんない。しかも、まさかお相撲取りさんの奥さんになるなんて。ああ、幸せになってほしいなあ。だよね。だよね、ほんと、そうだよね。大丈夫……大丈夫……栗田ちゃんなら、きっと……。

グラスを重ねて、しこたま酔った。

「おきつねさんみたいでねー」

えっ？

紫色の奇妙な形の帽子をかぶった奈津子、君はカクテルのグラスを片手に笑っていた。

ああ……文金高島田に角隠し、真っ白な化粧に塗りたくられた栗田ちゃんが、きつねの嫁入りに見えたということだろうか。

口に手をやり指を前に伸ばして「コンコン、コンコン」と佐和奈津子は、きつねのように鳴いてみせた。

何を考えているんだろう、この子供は。

夜半過ぎに解散して、タクシーで佐和奈津子を送っていくことになった。随分と呑んだ。視界が揺れている。

紫色が目の前に見えた。奇妙な形の帽子だ。彼女は私の肩に頭を乗っけてきた。

牛乳せっけんの匂いがする。

〽とぅもろ〜、とぅもろ〜……とあの独得の鼻にかかった、子供のような声で唄っていた。

ふいに歌声が途切れる。

二人はくちびるを重ねていた。

黄色いブラウスのボタンを二つはずした。胸もとから手を入れる。

「あ〜あ」と彼女は言った。

「いけないいんだ〜」

下着の中へと指を差し入れ、胸に触れる。まったいらだった。

「無いんです」

そうもらすと、くすくす笑った。

行き先の変更を運転手に告げて、都心のホテルへと向かう。

その夜、私たちは同じベッドで眠った。

あ〜あ……いけないいんだ〜……よりによって、こんな子供と……酔っ払って……栗田ちゃんの結婚式の夜に……。

真夜中、ホテルの部屋の暗闇の向こうから……奈津子、君の声が聞こえる。

「コンコン、コンコン」


その夜から、奈津子と私のつきあいは始まった。

つきあい？

そう言っていいいんだろうか。

あの子供のような女の子との戯れを。

週末、六本木や西麻布で逢っていた。六本木交差点から西麻布のほうへ歩くと、左手にグレイのビルがぬっと現れて、壁面に〈ＷＡＶＥ〉の文字が浮かび上がる。

一階の雨の木というカフェで待ちあわせた。

彼女は白いふわふわとしたワンピースで、緑色の奇妙な形の帽子をかぶっている。

ああ、奈津子、君はいったいいくつのヘンテコな帽子を持っているのか？

私はエスプレッソ、彼女はペリエばかりを飲んでいた。

「男の子みたいな女の子にホモセクシャルで、二十歳以上のロリータにロリータコンプレックスなんだ、僕は」

へっ？　という顔をする。

「つまり、一回ひっくり返って、まともさ。アブノーマルのアブノーマルで、ノーマル……ってわけ」

ふふふ、と奈津子、君は笑った。

「嫌いじゃない、みたいな」

あの独得の鼻にかかった声で、言う。

「好き、と素直に言えない臆病な子供が、ひっくり返って、宙返りしてね〜」

そうそう、二重否定を肯定に替える。

好きのアクロバット。

「好きじゃなくない！」

私はエスプレッソを吹き出しそうになった。

「好きじゃなくないってわけでもないはずもなくないってわけでも……」

ああ、なっちゃん、もうやめてよ、笑いすぎて、お腹が痛い。

私たちは冗談ばかり言っていた。

それから地下のシネヴィヴァンへと行って、ジャック・タチの古い映画や、ゴダールやレオス・カラックスや、レイトショーでフランスの映画を観た。

食事をして、西麻布のバーで呑んで、私はバーボンソーダ、彼女は「おすすめのフルーティーなカクテルを、アルコールを少なめにしてください」と注文する。バーテンは応じた。

バーを出て、階段のところでキスしようとすると、奈津子、君は耳もとでさっきバーテンが言ったことを、囁いた。

「かしこまりました、本日はキウイのいいのがあります」

くちびるを重ねると、フルーティーな味がした。

青山ブックセンターの六本木店は朝まで開いている。真夜中の書店、がらんとした店内をめぐるのは心地よい。都会の夜の子供の冒険みたいで、胸ときめいた。

一番奥の人けがない難解本コーナーの蔭で、奈津子、午前三時に君とキスをした。

冗談とフランス映画とキスの日々――。


一人暮らしの大晦日は寂しい。

年末、ライター仲間でいなかに帰らない者らを喚び、呑み明かした。が、その年はなぜか誰も見つからない。

奈津子に電話した。

すぐに来るという。

「西麻布にソーバーというバーがあってさ」

「ソーバー?」

「うん、そこで年越ソバが食べられる」

ビルの二階のバーのカウンターで、一緒にソバを食べる。

奈津子、君は赤い奇妙な形の帽子をかぶっていた。

「大晦日に出てきて、家族はいいの?」

うん、とソバをすすりながら彼女はうなずく。

両親は離婚していて、母と二人暮らしだが、折合いが悪い。「あの人」と母親をそう呼ぶ時、奈津子は暗い瞳《め》をした。

シャンパンが振舞われ、カウントダウンがあって、ハッピー・ニュー・イヤー！　とクラッカーが鳴り、乾杯、拍手、歓声、ハグやキスの嵐となる。年明けを酒場で送る都会人種の空騒ぎが、そこにあった。

店を出て、タクシーをつかまえ、六本木プリンスホテルへ……チェックインして、正月は二人、ホテルですごす。ちんまりと小ぶりな部屋は、彼女によく似合っていた。高層階の窓から建物の内側にあるヒョウタンみたいな形のプールを、奈津子……君はじっと見下ろしていた。

イタリアンが食べたい、と言う。乃木坂のラ・ゴーラのバーニャ・カウダが彼女は好物だった。熱々のポットのソースに野菜スティックを浸して齧《かじ》る。ウサギみたいに。

ひげ面のシェフが出てきて「中野さん、またまたあ、こんな美少女を誘拐してきて」と笑った。ラ・ゴーラの地下の五穀《ごこく》という店で、寄せ豆腐に舌つづみを打つ。和食屋なのに、なぜかウェイトレスがみなチャイナドレスを着て、しゃがむと、大胆に開いたスカートのスリットから太ももが丸見えになり、奈津子……君は顔を赤らめた。

芋洗坂の隠れ家寿し屋、山海《やまみ》でマグロの漬《づ》け握りを口にした彼女は「ああ、おいしぃ〜」と目を細め、なぜかガッツポーズをする。

霞町交差点の近くの地下へ降り、重い扉を開けると、パッと視界が開ける。赤い壁のバー、アムリタはにぎわっていた。遠いテーブル席の男性が、こちらに向かってグラスを掲げている。いつか篠川実信に紹介されたムッシュかまやつだ。私たちもグラスを掲げ、我が良き友よ、どうにかなるさ、と乾杯した。

六本木の裏通りにある古い洋館は、カサデルハポンというレストラン・バーで、「おばけ屋敷みたい」と奈津子は目を丸くする。二階の壁に色が塗られた個室へ。「本日は黄色い部屋があいております」と案内され、入った。ドリンクが運ばれ、店員が去って、扉が閉まる。二人きりの黄色い部屋の中で、奈津子……君と「悪さ」をした。

霞町で、乃木坂で、六本木で、どれほどの夜を、私たちはすごしたろう。

新宿の近くに仕事場を借りた。奈津子が遊びにくるようになる。

日曜日、歩行者天国を歩いた。小柄な彼女は歩幅が小さく、すぐに早足の私に置いていかれる。ぱっと後ろに手を伸ばすと、小さな手が握り締めてくる。救助を求める、都会の荒野に遭難した子供のように。きゅっと握ると、きゅっきゅっと握り返してくる。二人だけの無言のサインだ。ああ、初めて気づいた。女の子と手をつないで歩くなんて、奈津子、君とだけだな。

私は恋愛が苦手だ。女性とうまく関係が結べない。これまで、つきあったことはある。けれど、長続きしない。もう、こんな歳になって自分は成長できない男だ、と痛感する。

いなかの母親が時折、電話してきて、まだ結婚しないのか、とうるさい。兄も姉もとっくに家庭を持ち、何人も子供がいる。末っ子の私だけが心配だ、と母はグチる。

故郷の小さな海辺の街では、女は二十五、男は三十で独身だと、どこかおかしいと後ろ指をさされる。とても私には住めない。

ああ、自分は東京でしか生きられない男なのだな、とつくづく思う。

永遠に子供のままで遊び続ける。

そんなライフスタイルは、この都市《まち》でしか許されないだろう。

結婚して、子供をもうけ、父親になる――ビジョンがまったく浮かばない。

「そろそろ、おまえ、いい人はいないのかい」

と母親は訊く。

いい人?

奈津子の顔が思い浮かんだ。

あのヘンテコな帽子をかぶった、まるで子供のような女の子を、いなかの母親に紹介したら、どうなるだろう。

おふくろは卒倒するんじゃないか?

そんな場面を想像して、ぞっとする。もう、考えないようにした。

新宿二丁目にあるレズビアン系のバーへ、よく私は行った。サミーさんというその道の大立者が経営するグループ店の内の一つだ。

サミーさんは年齢不詳で白髪頭のちょっと上岡龍太郎似の女性《ひと》だった。男子禁制の店舗もあるが、私が行ったのは女性同伴で男も入れるカジュアルな店である。

私が女性と一緒に訪れると「まあ、中野さんはいつもかわいい娘《こ》を連れているのね」と店の女たちはオアイソを言う。

たしかにきれいな女性を連れていくことはあったが、男と彼女らレズビアンとでは美意識が違う。

それでも私の同伴女性があまりにもきれいで、女店員が口惜しそうにくちびるを嚙むのがはっきりとわかることがある。そういう時、ひそかに私はうれしかった。

奈津子をそのレズバーへと初めて連れていった時のことである。

店内には短髪で男装のバーテンや、何人かのホステス、それに女同士のカップル客たちがいた。

「ああ、中野さん、いらっしゃい」

マスターの女性が声をかける。私の後ろから奈津子が入ってくると、マスターの顔がこわばった。

酒を作っているバーテンも動作が固まって、顔色が無くなっている。

カウンターに私たちは腰掛けた。

さっきまでにぎやかだった店内が、急に静まり返る。

えっ、いったい、どうしたんだろう。

店内の女たちが、みんな、こちらを見ている。私の隣に一斉に目を向ける。痛いほど鋭い刺すような視線だった。

これまで、どんなきれいな女の子を連れてきても、決して起こらない反応だ。

「新しくできた友達」と紹介すると、マスターの様子がおかしい。奈津子が「よろしく」と微笑む。マスターは顔を赤らめた。

どういうルートで通報が行ったのだろう。サミーさんが店に駆けつけてきた。息を切らしている。奈津子の顔にじっと見入って、それから無言で、また出ていった。

しばらくして再び、現れたサミーさんの腕には小犬が抱かれている。私には目もくれず、近づいてきて、小犬をそっと奈津子に渡した。

奈津子は小犬を抱きかかえ、無邪気に笑っている。

サミーさんはその様を見つめ、目を細め、ためいきをつく。ふいに、うなり声をもらし、うっすらと涙を浮かべていた。

同性愛の女性たちには、私には見えない何かが、奈津子の中に見えるのだろうか？

奈津子はたしかに美しかった。だが、男たちがふるいつきたくなるセクシー系の美女とは違う。色気などまったくない。胸もまったいらだし、少年のようだ（コムネギャルソンと自分を呼んでいた）。まるで子供にしか見えない。

私が奈津子を連れていくと、いつも店内は急に静まって、店員はあまり話しかけてこなくなった。

ある夜、お店のトイレへ入って、出てきた時のことである。

異様な気配を感じた。ざわついている。

いったい何が起こったのか？

奈津子が女たちに取り囲まれていた。

マスターやバーテンまでカウンターのこちらに来ている。店じゅうの女たちに取り囲まれ、奈津子、君はかわるがわる抱き締められていた。そのつど悲鳴のような嬌声が上がる。

遂に我慢の限界を超えたのだろう。女たちは私を無視して、目の前の美味しい獲物にむしゃぶりついてゆく。

普段、決して男の私には見せない、あられもない恍惚とした官能の歓びの顔がそこにあった。女同士のみが発散する特殊な性の匂いが、ムッとあふれていた。

奈津子は次から次へと女たちに抱き締められ、なすがままになっている。

私は呆然として、その光景を見つめていた。

「弟が欲しかったんだよなあ」

「えっ、妹じゃなくって？」

「うん、弟だとプロレスごっことかできるじゃん。一緒に遊べるし、子分みたいにして連れ歩きたかった」

そんな話をしたことがある。

待ち合わせ場所へ行って、驚いた。

奈津子の格好といったら……。

野球帽をひさしを後ろ向きにかぶっている。髪の毛は帽子の中へ隠され短髪のようだ。ショートパンツのオーバーオールに白いシャツ、運動靴、ひざには赤チンが塗られ、鼻の上にはバンソウコウ、フーセンガムをぷーっとふくらませる……まるっきり男の子だ。

「お兄ちゃん、ナツオだよ！」

エヘヘと鼻の下を人差し指でこすると、恥ずかしそうに笑った。

一瞬、とまどった。が、すぐに対応する。

「お～、ナツオ！」

野球帽をポンポンと叩いて「よっしゃ、遊びに行くぞ」と。

「ヘイ、兄貴！」と子分のようについてくる。

私たちは原っぱへと行った。

いい天気だ。緑の草が陽の光に映えている。

突然、半ズボンが走り出した。

散歩している白い犬を追いかけて、奈津子が……いや、ナツオが走る。走り廻る。

「待て、ワンコーっ！」

あの独得の鼻にかかった声が、声変わりの前の少年のよう。

私も走り出す。

すぐに追いついて、後ろからタックルした。

「わっ」と叫んで、弟は原っぱに転んだ。

組みついて、脚をからめ、4の字固めを決めた。念願のプロレスごっこだ。

「いてて……お兄ちゃん、やめろーっ！」

かん高い声で悲鳴を上げていた。

脚を解くと、立ち上がって、今度はナツオの頭に腕を巻きつける。ヘッドロックだ。

「わわわっ、よせーっ」

声をからしている。

弟の小さな頭を抱え、締め上げ、ヘッドロックの体勢から顔を近づけて、ふいにキスをする。

「やん！」と急に女の声を出した。

野球帽が脱げて、落ちる。ばさっと長い黒髪が広がった。

弟が消える。

ナツオはもういない。

少年の姿は失われ、奈津子がふるえていた。

二人は抱きあったまま原っぱに倒れる。

兄弟には決してできないことを、それから私たちはやった。


古ぼけたマンションの一室を、私は仕事場に借りていた。本や雑誌、資料が山積みになっている。残された狭い空間にマットを敷いて、奈津子と私は愛しあった。行為の後、裸でマットに寝転んで、彼女は近くに積まれた本を手に取る。仰向けのまま文庫本を開いていた。

私は机の前に座って原稿を書いている。

「あさ、眼をさますときの気持は、面白い……」

奈津子の声が聴こえる。

「かくれんぼのとき、押入れの真っ暗い中に、じっと、しゃがんで隠れていて、突然、でこちゃんに、がらっと襖《ふすま》をあけられ、日の光がどっと来て……」

ああ、太宰治の『女生徒』だ。

結局、栗田恵美子に朗読してもらい、録音することは叶わなかった。栗田ちゃんはもう、私たちの手の届かないところへ行ってしまったようだ。

奈津子の朗読する、あの独得の鼻にかかった声が、いつしか栗田恵美子の鈴を鳴らすような可憐な声音と重なって、二人の〝女生徒〟が並んで歩く姿が思い描かれた。

私が仕事場で原稿を書いている時、奈津子はよく全裸でマットに寝ていた。エロチックな気配はない。裸ん坊の子供のようだ。

それでも一段落ついて、キッチンに水を飲みに行って、口に含んだ水を、私は寝転んだ奈津子に口移しで飲ませたりする。小犬のように彼女を抱き上げ、キスをして、鼻をなめる。くうんくうん、と切なく鳴いて、奈津子はしがみついてきた。


仰向けに寝転んだ彼女の股間、まっすぐな陰毛が逆立っている。丘陵に生えた葦《あし》のように。両腕を顔の上に伸ばして、文庫本を開いていた。〈愛の詩集〉と表紙にある。

「彼女の白い腕が、私の地平線のすべてでした……」

そう呟くと、奈津子はむっくり上半身を起こした。

「マックス・ジャコブ作、堀口大學訳……へえ〜、どういう意味？」

首をひねっている。

私は原稿を書く手を止めて「寝転んで、腕を床と水平に伸ばしてごらん」と言う。

彼女はそうした。

その隣に私も寝転ぶ。

「ほら、ここから見ると、なっちゃんの腕が地平線に見えるよ」

一瞬、キョトンとした顔をして、奈津子はにんまりと笑った。

もし、二人が一緒に暮らすことになったら、毎朝、目を覚ますと、私は、奈津子……君の地平線を見ることになるだろう。

「腕だけじゃないよ」

彼女は言う。

寝転んだまま、両手で自分の胸をつかんで無理矢理に盛り上げた後、ぱっと離すと、まったいらになった。

「あたしの胸も……地平線」

くすくすと笑った。

地平線に迷った旅人が一人ぽつんと立ちつくすように、小さな乳首が立っている。

それから私は……彼女の地平線をなめた。


薄い壁の仕事部屋で奈津子と愛しあう時、隣に声がもれないようにラジオをつけた。どこか異国的な音楽が流れてくる。そのリズムと、独得の鼻にかかったあえぎ声が呼応しあう。

音楽が終わって、キャスターがしゃべっていた。

「……懐かしい香港のメロディーでした。さて、二年後の七月一日に香港が中国に返還されます。九十九年の租借期間が終了する。九十九、中国語でチョウチョウと読みますが、実は永遠を意味する言葉なんですね。そう、永遠にも終わりの時が来る……」

チョウチョウ、と奈津子、君はあえぎながら囁いた。

ねえ、永遠にも……終わる時が来るんだね……ああ、秋夫さん……その時……その時、あっ、
あっ、一緒にいたい……あーっ、香港へ……行きたい……。

あえぎあえぎ、そう言った。

えっ？　香港？

私は旅をしない。仕事以外では皆無だ。海外なんてほとんど行ったことがない。でも……。

君となら、いいんじゃないかな。

うん、香港へ、行こう。

ああ、なっちゃん、一緒に行こう。香港へ。二年後の夏に……永遠が終わるその時に……。

ホント？

ああ。

ホントにホント？

ああ、ホントにホント。

それから奈津子、君は奇妙なメロディーを口ずさんだ。

花火がね……いっぱい、いっぱい夜空に打ち上がって……あっ、あっ……広がってね、あーっ
……あたしはチャイナ服で、んーっ……秋夫さんとヤムチャを食べて……やっ、雑貨屋をめぐっ

て、中国のワンコや子供たちと……遊ぶの……それで、いやっ、それでね、いやっいやっ、ああっ、シェーシェー、シェーシェーって……あーっ……シェーシェー、シェーシェー……。恍惚とする君の瞳の中で、奈津子、永遠の終わりの夜空の花火が次々と光り、咲き開くのを……私は見た。


奈津子との日々は二年を過ぎる。

関西で大きな地震があった。地下鉄でサリンがまかれる。不穏な空気が世に蔓延して、カルト教団の騒動の一年が明けた。

私たちは相変わらずだった。

冗談と、キスと、フランス映画と、子供のような戯れの日々。

それが永遠に続くものと思っていた。

だけど……。

「中野さん、大丈夫なの？」

レズバーのマスターが言った。

ん、何が？

「あの娘、ガリガリにやせてるじゃない」

えっ、そうかな？

奈津子がトイレへ立った隙に、声をひそめて私に告げたのだ。

たしかに、やせている。だけど、もともと小柄で華奢《きやしや》だったわけだし。

「ううん、そんなんじゃない。ちゃんと見てるの？　あのさ……拒食症でしょう」

えっ、そんな……。

一緒に食事へ行っても、そういえば彼女は野菜のみを摂り、私が肉ばかり食べていた。

「吸い取られる」

えっ？

「秋夫さんにね、あたし、どんどん吸い取られてゆく」

そう言って、笑った。その笑顔が、心なしかやつれて見える。だんだん奈津子はやせてゆき、
私はその分、太ってゆくようだ。

そんな会話をした覚えがある。

彼女に問い質した。

今、何キロあるの？

「……二十九キロ」

愕然とした。たしかにガリガリだ。

どうして気がつかなかったのか？　気がついてやれなかったのか？　いったい私は彼女の何を
見ていたというのだろう。

ものが食べられないの、と奈津子は言った。生理がずっと止まっているとも。母親とうまくいかず、家を出て、おんぼろアパートに暮らし、会社も休んでいるという。

ここ最近、原稿の執筆に忙しく、彼女を抱いていなかった。仕事場のマットの上で、久しぶりに服を脱いだ奈津子を見て、呆然とする。骨と皮だけだ。抱き締めると、崩れそうなほどやせ細っていた。

今すぐ病院へ行ったほうがいい、と私は告げる。

彼女はまったく無表情のままだった。

その後、奈津子から入院したという知らせが入った。留守番電話の声は、死にそうなほど弱々しい。

入院？　いったい、どこへ？

奈津子の家の留守電に何度もメッセージを残したが、返事はない。

そうして、ある日、ハガキが届いた。大学病院の精神科の病棟からだった。

〈……秋夫さん、とうとうあなたは、わたしのすべてを吸い取ってしまいましたね……〉

背筋が寒くなる。

病院に電話をかけたが、取り次いでくれない。直接、足を運んだ。面会禁止だと医師に強く言い渡され、口論になった。

目の前が暗くなる。もう、どうしていいかわからない。途方に暮れるばかりだ。

ああ、奈津子……奈津子……。

そうして、ある日、彼女はいなくなった。

病院を退院したが、行き先はわからない。アパートを引き払っている。実家にもいない。手紙を書いたが、宛先不明で戻ってきた。思いきって、会社に電話した。既に退社して、連絡先も不明だという。

足もとが崩れるようだった。

しばらくして、奈津子から手紙が届いた。

封筒の中に便せんは入っていない。一枚の紙片が出てきて、ポラロイド写真だった。

何だろう？　ベージュ色がプリントの半分を占め、真ん中にぽつんと薄桃色の点がある。

写真の枠の白い部分に子供のような字が躍っていた。

〈ちへいせん〉

ああ……。

目を凝らす。たしかにそれは彼女のまったいらな胸と小さな乳首だった。

奈津子の地平線だ。

一枚の写真だけを残して、彼女は消えてしまった。


一年が過ぎた。

夏、風呂上がりに冷蔵庫から缶ビールを取り出して、呑む。テレビをつけた。

モニターの夜空に大輪の花火が広がっている。何発も、何発も。

「今日、香港が九十九年ぶりに中国に返還されました」

興奮した口調でレポーターが言う。

缶ビールを持つ手がふるえた。

夜空の花火がにじんで見える。

チャイナ服を着た女の子が笑っていた。ヤムチャを食べ、雑貨屋をめぐり、中国の犬や子供たちと遊ぶその姿が、目に浮かぶ。

シェーシェー、シェーシェー……。

独得の鼻にかかった女の声が、よみがえってきた。

ああ、どこにいるんだ……奈津子。

最後のハガキに書かれていた、ふるえる文字を思い出した。

〈秋夫さん、あの約束を覚えていますか？　あなたと……永遠の終わりを見たかった……〉

奈津子、君の瞳の中で光り、広がる花火が、いくつもいくつも、にじんで見えた。


十数年が過ぎた。私は五十歳になった。

週刊誌の編集者から連絡をもらう。かつて篠川実信が表紙の写真を撮っていた雑誌だ。

「中野さんにインタビューしてもらいたい人がいるんですが」

編集者は言った。

「……栗田恵美子さんです」

えっ！

彼女は結婚して、名字が変わったはずだ。三年前に離婚している。

四人の子供たちと一緒にハワイで暮らしていると聞いた。

「ええ、今、一時帰国しているんですよ。中野さんの名前を出したら、ぜひ、お会いしたいとおっしゃっていて……」

断る理由はなかった。

出版社のビル上層階にあるレストランの個室で待つ。

扉が開いて、懐かしい顔が現れた。

「お久しぶりです」

最後に会ったのは、いつだろう。ああ、結婚披露宴の夜だから、十六年ぶりになる。

久々に再会した栗田恵美子は、昔と変わらず、美しかった。

もう四十歳になるはずだ。とても四人の子供の母親には見えない。

今もなお少女のようだった。

結婚後は猛烈なバッシング報道にさらされた。ぶりっ子だ何だと、ワイドショーや女性週刊誌にひどい叩かれ様だった。

栗田さん、泣いたりしなかったの？

「ええ、私、泣きません」

ああ、彼女はとても強い人なんだな、と気づいた。

話が一段落すると、編集者がファイルを持ってきた。週刊誌のバックナンバーの綴じ込みだ。

〈一九九〇年八月〉とラベルにある。

ファイルを開いて見せると「わあ！」と彼女が声を上げた。

赤い浴衣姿の女の子が振り返っている。篠川実信撮影の女子大生表紙——二十歳の栗田恵美子だった。

「懐かしい……」

もう二十年も前の写真だ。

ファイルを手に取ると、私はページをめくる。数号前の表紙が現れた。

短髪の少年のような女の子が、白いシャツと半ズボン姿で飛びはねている。

奈津子だった。

「ああ、なっちゃん！」

栗田恵美子は目を細める。

「実はね、栗田さん、僕、なっちゃんとつきあっていたんだ」

彼女は、ぽかんとした顔になる。

「それがさ、栗田ちゃんの結婚披露宴の日に再会して、仲よくなったんですよ」

ふっと微笑んで「へぇ～、そんないいことがあったんだ」と栗田恵美子は言う。

「それで、今、中野さんは？」

「うん、なっちゃんとは続かなかった。いまだに一人者ですよ。わかるでしょ、僕みたいな男が家庭なんか持てるわけがない」

そんな……ともらして「まだまだ、お互い、これからじゃないですか」と彼女は笑った。

インタビューが終了する。

私はバッグから文庫本を取り出す。

「栗田ちゃん、お願いがあるんだけど」

昔の心残りを打ち明けた。そう、二十年前、タイ料理屋で話したこと。

太宰治の短篇小説を朗読してほしい。時間がないから、せめて冒頭と末尾だけでも。

彼女はこくりとうなずいた。

手に取った文庫本を開いて、詠《よ》み上げる。

「あさ、眼をさますときの気持は、面白い……」

少女の頃そのままの声だった。

あの鈴を鳴らすような可憐な栗田恵美子の声が、いつしか独得の鼻にかかった奈津子の声と重なりあう。二人の〝女生徒〟が並んで歩く姿が、よみがえってきた。

小説の最後のところを詠む。

「……おやすみなさい。私は、王子さまのいないシンデレラ姫。あたし、東京の、どこにいるか、ごぞんじですか？　もう、ふたたびお目にかかりません」

そうして栗田恵美子は、南の島へと帰っていった。

歳を取ってわかったことがある。

ある年齢までは、いろんなものが増える。経験は、記憶や知識や感情や、さまざまな持ち物や、さらには知人や友人を増やしてゆく。

だが、ある年齢を過ぎると、逆だ。いろんなものが減ってゆく。喪失ばかりに襲われる。あれも無い、あれも消えた、ああ、あれもこれも失われてしまった、と。

街を歩いていると、わかる。若い頃は新しい場所にばかり目が行ったのに。今では、まったく逆だ。いろいろなものが失くなっているのに、気づく。

久しぶりに六本木へ行って、西麻布のほうへと歩いてゆき、ふと立ち止まった。

愕然とする。

ああ、ＷＡＶＥはもうないんだな。

六本木ヒルズの巨大な建物を見上げて、一人、立ちつくす。

WAVE、雨の木、シネヴィヴァン、六本木プリンス、ソーバー、山海、ラ・ゴーラ、五穀、アムリタ、カサデルハポン、青山ブックセンター……みんなみんな失くなってしまった。

そう、奈津子、君との思い出の場所が、みんな。

本当に大切なものは、失ってからでなければわからない――これもまた歳を取ってわかったことだ。

決して癒《い》えない胸の痛みを代償として。


日曜日、新宿の歩行者天国を歩く。

大勢の人々でにぎわっていた。知らずと、右手を後ろにさし出している。握り返してくる小さな手がないことに、気づいた。振り返っても、誰もいない。たった一人だ。

「コンコン、コンコン」

はっとした。

人ごみの中に紫色を見た。奇妙な形の帽子だ。慌てて私は追いかける。

「おきつねさんみたいでねー」

あの独得の鼻にかかった声が聴こえる。たしかに。

「〽とぅもろ〜、とぅもろ〜」

子供のように唄っている。

「あ〜あ、いけないいんだ〜」

牛乳せっけんの匂いがする。

「好きじゃなくない！」

声は耳の奥で、ますます大きくなる。

だが、見つからない。どれだけ探しても。

足がふらつく。

私は路上にへたり込み、尻もちをついた。もう、立ち上がれない。

世界がにじんで見える。

誰か目の前にいた。

赤い風船を持った幼い女の子が、不思議そうに、じっと私の顔を覗き込んでいる。

目を閉じた。

まぶたの裏に、風景が見える。

誰もいない荒野、どこか懐かしいその場所。

ああ……地平線だ。

私はいずれ死ぬだろう。そう遠くない未来に。たった一人で死んでゆく。それだけは確実だ。

私のような生を送った者の、むくいだ。

愛する者は、この世界に誰もいない。

寂しい最期を迎えるだろう。
でも……。
死の真際、目を閉じた時、まぶたの裏に浮かぶ最後の風景がある。
わかっている。
私が帰るところは、もう、そこしかない。あの場所しか。
そう、奈津子……君の地平線なんだ。

初出
文芸編集者／「小説すばる」2015年5月号
いつも海を見ていた／「小説すばる」2018年5月号
四谷四丁目交差点／「小説すばる」2018年4月号（「あるアイドルの死」改題）
新人類の年／「小説すばる」2018年6月号
美少女／ウェブサイト「本がすき。」2019年4月19日～5月1日
新宿の朝／ウェブサイト「本がすき。」2019年3月15日～4月4日
おたく命名記／ウェブサイト「本がすき。」2019年4月5日～4月18日
彼女の地平線／書下ろし

青《あお》い秋《あき》

2019年10月30日　初版1刷発行

著者 ———— 中森明夫《なかもりあきお》

カバー撮影 ———— 篠山紀信
装幀 ———— 大久保伸子
発行者 ———— 田邉浩司
組版 ———— 堀内印刷
印刷所 ———— 堀内印刷
製本所 ———— ナショナル製本
発行所 ———— 株式会社光文社
〒112-8011　東京都文京区音羽1-16-6
電話 ———— 新書編集部 03-5395-8289
書籍販売部 03-5395-8116
業務部 03-5395-8125

落丁本・乱丁本は業務部へご連絡くだされば、お取り替えいたします。

ISBN978-4-334-91315-1 Printed in Japan